Menguante

Alfredo Gómez Cerdá

EDELVIVES

Dirección editorial:
Departamento de ediciones GELV

Dirección de arte:
Departamento de imagen y diseño GELV

Diseño de la colección:
Manuel Estrada

Edición:
Área de publicaciones de literatura infantil y juvenil

Coordinación de producción y maquetación:
Área I+D de soportes editoriales GELV

Realización de cubierta:
Flickr

1ª edición, 5ª impresión, diciembre 2012

Impresión:
Edelvives Talleres Gráficos. Certificado ISO 9001
Impreso en Zaragoza, España

ISBN: 978-84-263-6445-6
Depósito legal: Z 3828-2011

El 0,7% de la venta de este libro se destina al Proyecto «Mejora de la Calidad y oferta educativa del ciclo diversificado del Instituto Tecnológico Quiché de Chichicastenango (Guatemala)», que gestiona la ONG Solidaridad, Educación, Desarrollo (SED).

FICHA PARA BIBLIOTECAS

GÓMEZ CERDÁ, Alfredo (1951-)
Menguante / Alfredo Gómez Cerdá. – 1ª ed., 5ª reimp. – Zaragoza : Edelvives, 2012
198 p. ; 22 cm. – (Alandar ; 92)
ISBN 978-84-263-6445-6
1. Personajes diminutos. 2. Mundos fantásticos. 3. Aventuras. 4. Humor. I. Título. II. Serie.
087.5:821.134.2-32"19"

PRIMERA PARTE

LA HORMA

Menguante, la zona soleada de la habitación se iba retirando hacia la pared donde se encontraba el armario. En unos minutos esos rayos que se colaban por la ventana, que se suavizaban al atravesar los visillos o que se fragmentaban en mil cuadrículas si la persiana estaba bajada, abandonarían definitivamente su cuarto hasta el día siguiente. Ya formaban un triángulo escaleno, con los lados exageradamente alargados. Más bien parecían un cuchillo de luz, un cuchillo que se iría afilando poco a poco hasta convertirse en un filamento y, por último, desaparecer.

Lorena salió de la habitación y en el pasillo se cruzó con su madre.

—Voy a recoger los zapatos de papá —le dijo.

—No hace falta. Mañana tenemos que ir al supermercado. Así que podemos pasar por la zapatería y...

—No importa —insistió—. Iré yo, ahora.

Lorena tenía ganas de volver al taller de Demetrio, el zapatero remendón, instalado en un pequeño local cerca de su casa, a pesar de que había estado charlando con él hacía tan solo dos días, cuando acompañó a su padre.

—Te traigo estos zapatos nuevos, Demetrio —le explicó entonces su padre—. Me los acabo de comprar y..., ¡maldita sea!, me aprietan demasiado. He pensado que podías meterlos en la horma para que se estirasen un poco.

—Claro, vuelve por ellos dentro de dos días.

—Te los dejo con la caja y todo.

—Como quieras.

El padre de Lorena se marchó deprisa, pues tenía cosas que hacer, y ella se quedó un rato con Demetrio.

—¿Tú puedes estirar unos zapatos? —preguntó.

—Puedo hacer cualquier cosa con unos zapatos: coserlos, pegarlos, ponerlos medias suelas, teñirlos y, como tú dices, estirarlos un poco. Aunque esto último es complicado: me limito a meter una horma para que la piel dé un poco de sí. ¿Sabes cuántos años llevo arreglando zapatos?

—No.

—Pues... seis años y seis meses —Demetrio frunció la frente y las arrugas de su rostro adquirieron una forma extraña y divertida—. Más o menos la mitad de tu vida.

—¿Te gusta arreglar zapatos?

El rostro de Demetrio aún se contrajo más y Lorena tuvo que hacer un esfuerzo para no echarse a reír. Si el zapatero hiciera esos gestos a propósito ella no dudaría en reírse, pero no estaba segura de que fuese así.

—No sé si me gusta o no, simplemente lo hago desde hace seis años y seis meses. Pero..., ahora que lo pienso, no me parece un mal trabajo, pues ayudo a caminar a las personas —a Demetrio debieron hacerle gracia sus propias palabras y lanzó una tremenda risotada—. Aunque no sólo son precisos unos zapatos para caminar.

—También hacen falta los pies.

—Y la cabeza.

El zapatero remendón golpeó con el martillo un clavo para fijar un tacón, que previamente había impregnado de cola de contacto. Luego, se quedó mirando el zapato e hizo un gesto aprobatorio con la cabeza. Después, lo dejó sobre una repisa abarrotada de calzado. Se sacudió las manos y las pasó sobre su delantal, como si quisiera eliminar algún residuo pegado a ellas. Por último, se las llevó a los riñones y se levantó.

—Voy a dejarte una cosa —dijo—. Creo que te ayudará a caminar.

—¿Unos zapatos?

Sin pronunciar más palabras, se dirigió a una portezuela situada entre los estantes. Abrió sólo una rendija, con precaución, como si quisiera que Lorena no viese lo que había al otro lado. Colocándose de perfil para evitar abrirla más, entró y cerró enseguida. Al cabo de un rato salió tomando las mismas precauciones.

Lorena estaba muy sorprendida. Era la primera vez que veía a Demetrio ponerse de pie, pues hasta entonces siempre lo había visto sentado en una silla, junto al banco de trabajo. Todo lo tenía a mano y podía atender a los clientes sin levantarse, de este modo nunca interrumpía por completo sus tareas. Le pareció más alto de lo que se imaginaba, y también más corpulento. Tenía una figura sólida, maciza, que se desplazaba pausadamente a causa de una notable cojera: su pierna izquierda permanecía siempre rígida, lo que hacía que su pie se moviese a rastras, como si estuviera barriendo el suelo.

El zapatero se acercó a ella y se agachó ligeramente.

—Aquí está.

Y le entregó un libro al que le faltaban la cubierta y las primeras hojas.

Lorena lo cogió y se quedó mirándolo.

—Está muy estropeado —comentó.

—No —sonrió Demetrio—. Se estropean los coches, los ordenadores, los juguetes... Pero los libros no se estropean nunca. Si un libro puede leerse no está estropeado y éste, aunque le falten las pastas y algunas hojas del principio, puede leerse perfectamente. ¿Quieres averiguarlo tú misma?

—Sí.

Lorena cerró el libro con cuidado y lo sujetó con ambas manos. Antes de abandonar el local, cuando ya estaba junto a la salida, se volvió y señaló la puerta por la que el zapatero había salido un instante del taller.

—¿Qué hay allí? —preguntó.

—La trastienda —respondió Demetrio sin perder la sonrisa—. Todas las tiendas tienen una trastienda, ¿te gustaría verla?

Lorena se encogió de hombros antes de responder.

—Sí.

—Un día te la enseñaré. Recuérdamelo.

Le apetecía mucho volver a hablar con Demetrio. Quería decirle que ya había empezado a leer el libro mutilado y que le estaba encantando. Quería preguntarle algunas cosas de él, sobre todo el título y el nombre del autor. Por eso, como ya habían pasado los dos días que los zapatos de su padre debían permanecer con la horma, se decidió.

—Iré yo, ahora.

Entró en su cuarto para coger el libro y se dispuso a salir.

—¿Llevas dinero? —le preguntó su madre.

—¿Dinero? No.

—¿Y cómo piensas pagar a Demetrio?

La madre sacó una cartera de su bolso y le entregó un billete. Lorena iba a guardárselo en uno de los bolsillos del pantalón, pero al final decidió meterlo dentro del libro, entre las páginas amarillentas de esquinas redondeadas, que parecían haber sido roídas por los ratones.

A la madre le llamó la atención aquel libro.

—¿Qué es eso? —preguntó.

—Un libro, ¿no lo ves?

A Lorena le pareció absurda la pregunta.

—¿Y de dónde lo has sacado?

—Me lo han prestado.

—¿Es un libro adecuado para tu edad?

Lorena fingió no oír la pregunta. Estaba harta de que le hiciese preguntas a todas horas. Preguntas y más preguntas. Sin embargo, cuando ella pretendía decir algo u opinar, nunca la tenían en cuenta, alegando que sólo era una adolescente. ¡Adolescente! Odiaba esa palabra.

Salió de casa con el libro y se encaminó derecha hacia la zapatería. Antes de entrar observó el interior a través del cristal de la puerta: el pequeño mostrador, los estantes abarrotados de zapatos y a Demetrio en su silla, encorvado sobre un zapato al que estaba pegando una suela.

Empujó la puerta y, por primera vez, reparó en el chirrido de las bisagras. Al sentirlo, Demetrio alzó ligeramente la cabeza.

—Mucha gente me dice que tengo que engrasar esas bisagras para que no suenen, pero yo respondo que las prefiero así. Me avisan de la gente que entra y sale. No necesito esas ridículas campanitas que se cuelgan del techo ni esos dispositivos electrónicos que empiezan a zumbar cuando alguien pasa a su lado.

Demetrio, sin dejar de hablar, seguía con su trabajo. Lorena se quedó mirándolo un rato y, al final, dijo:

—Vengo a por los zapatos de mi padre.

—Hace un rato que los saqué de la horma. Pero antes déjame que termine con esta suela. La cola de contacto no puede esperar. Dime... ¿has empezado a leer el libro que te dejé?

—Voy por la mitad.

—¡Vaya! No está mal.

—Quería preguntarte cuál es su título y cómo se llama el autor.

—Me temo que no voy a poder responderte —sonrió el zapatero.

—¿Por qué?

—No tengo ni idea. No sé cómo se titula el libro, ni quién lo escribió, ni cómo demonios llegó hasta mi trastienda. Pero... ¿qué importa eso?

—Sentía curiosidad.

—¿Te gusta?

—Sí, mucho.

—Pues eso es lo importante.

Después de pegarla, Demetrio golpeó suavemente la suela con un martillo, luego la miró e hizo un gesto afirmativo, como dando por bueno el trabajo. Apartó el zapato y giró su cuerpo hacia unos estantes de madera bastante combados. De allí cogió la caja donde estaban los zapatos que había tenido dos días en la horma y la colocó sobre el mostrador.

—Aquí están. Dile a tu padre que si le siguen haciendo daño es mejor que se olvide de ellos y que otra vez compre un número mayor.

Antes de coger la caja de cartón, con la marca de los zapatos impresa con letras muy grandes y llamativas, abrió el libro y sacó el billete que le había dado su madre. Lo colocó sobre el mostrador. Demetrio lo miró antes de cogerlo. Abrió después un pequeño cajón y sacó de él otro billete más pequeño y arrugado, que dejó en el mismo lugar en el que Lorena había colocado el suyo.

La muchacha sabía que era el momento de marcharse. Ya tenía lo que había ido a buscar y, además, Demetrio parecía no prestarle mucha atención, pues había comenzado a examinar un tacón muy alto y estilizado al que sólo un hilo mantenía unido a un zapato negro y muy brillante, de fiesta. Sin embargo, algo parecía retenerla allí.

Durante un rato esperó infructuosamente a que el zapatero le preguntase, pero éste parecía embelesado con el tacón, que colocaba de una y otra forma para descubrir la posición correcta. Por eso, no le quedó más remedio que tomar la iniciativa, aunque no le apetecía.

—¿Hoy tampoco vas a enseñarme la trastienda? —preguntó al fin.

Demetrio sonrió, como si hubiera estado esperando la pregunta.

—¿La trastienda...? —Se hizo el despistado.

—Todas las tiendas tienen una trastienda —Lorena le recordó sus propias palabras.

—Ya veo que no lo has olvidado.

—Me dijiste que te lo recordase.

—¿Qué crees que hay en mi trastienda? —preguntó el zapatero, mirándola fijamente.

No era la primera vez que miraba a Demetrio a los ojos; sin embargo, tuvo la sensación de que hasta ese momento no se había dado cuenta de cómo eran los ojos de aquel hombre. Eran grandes y un poco saltones, tipo huevo, y muy vivos, pues no dejaban de moverse. Le recordaron a unos ojos de broma sujetos a unas gafas con muelles que su padre había llevado a casa en Carnaval.

—No lo sé —respondió al fin.

—Entonces, dime, ¿qué te imaginas que hay en mi trastienda?

—Zapatos.

El zapatero comenzó a reír de buena gana, lo que acentuó el desconcierto de Lorena.

—¿Qué otra cosa podría haber en la trastienda de un zapatero remendón? Zapatos y más zapatos. Zapatos que ayuden a los hombres a caminar mejor. Y aunque sólo hubiera zapatos ¿te gustaría verla?

—Sí.

—Pues un día te la enseñaré. Creo que esperaré a que termines de leer el libro que te presté. Recuérdamelo.

Y, sin decir más, Demetrio volvió a coger el tacón, que ya se había desprendido por completo, y comenzó a mirarlo de nuevo con mucha atención.

Lorena, decepcionada por aquella actitud tan extraña, dio media vuelta y salió del pequeño establecimiento. En una mano llevaba el libro viejo y mutilado; en la otra, la caja con los zapatos nuevos de su padre.

LA CAJA DE ZAPATOS

En el camino de la zapatería de Demetrio a su casa había un jardincillo. La calle se cruzaba con otra más ancha y la intersección creaba un espacio grande que, tras haber tenido diferentes usos, el Ayuntamiento había convertido recientemente en jardín: media docena de árboles, un seto delimitando una zona con plantas muy floridas, algunos bancos de madera, una fuente... Era un espacio milagrosamente verde en medio del barrio. Lorena vio un banco vació y se sentó. Pensaba en las últimas palabras del zapatero, las que hacían referencia a que le enseñaría la trastienda cuando terminase de leer el libro que le había prestado.

Dejó a un lado la caja de zapatos y colocó el libro sobre sus rodillas. Una vez más, observó con curiosidad aquellas páginas amarillentas, desencuadernadas, con manchas de humedad y huellas de insectos y roedores. Volvió a preguntarse cuál sería su título y quién lo habría escrito. Luego, a la vista de su estado lamentable, pensó en los años que tendría. La historia que narraba era atemporal y sucedía en un lugar imaginario, por consiguiente, no podía proporcionarle ningún dato que aclarase sus dudas.

Le llamó la atención una hilera de hormigas negras que transportaban varias cáscaras de pipas hacia su hormiguero. Mientras las observaba, su mente comenzó a recordar lo que llevaba leído de aquella historia.

Eran tres los protagonistas —una chica que podría tener su misma edad, un chico y un tullido—, que buscaban afanosamente el Oráculo del Desierto Impenetrable, donde esperaban encontrar a un tipo extraño y misterioso. Nadie sabía su nombre, pero todos contaban de él hechos fabulosos. Como vivía dentro del Oráculo del Desierto Impenetrable, la gente le llamaba el Morador del Oráculo o, simplemente, el Morador.

Lorena había tratado de imaginarse a aquel individuo, y también donde vivía, un lugar inaccesible y remoto. El libro decía que corrían de boca en boca leyendas que aseguraban que muchas personas habían partido en su busca guiadas por el deseo y la ilusión de conocer al Morador, pues era capaz de descifrar cualquier enigma, por complicado que fuese. Muchos lo habían intentado, pero nadie lo había conseguido.

Los tres protagonistas del viejo libro habían comenzado también a buscarlo afanosamente para descifrar un asunto que los tenía muy preocupados: el enigma del peine de treinta y nueve púas y media.

La primera vez que Lorena se encontró con este peine tuvo que aguantarse las ganas de reír. Le parecía una broma o una falta de ingenio del escritor, pero la propia historia le hizo cambiar de opinión.

Unas palabras escritas en un viejo pergamino eran la clave. En ellas se aseguraba que, quien encontrase la media púa que faltaba al peine, descubriría el camino de un tesoro que llevaba siglos oculto y cuya pieza más valiosa era el ojo de oro y diamantes que llevó un antiguo y fabuloso rey —y que había sustituido al suyo, perdido en una encarnizada batalla contra sus enemigos—. Se contaban maravillas de aquel ojo, como que con él se veía el pasado y el futuro.

Lorena sintió unas irrefrenables ganas de continuar leyendo aquella historia. Abrió el libro y, al instante, volvió a quedar cautivada por el relato.

Cuando más embelesada estaba en la lectura, Lorena creyó sentir un golpecito a su lado. No le hubiese concedido mayor importancia de no ser porque al momento sintió otro y, poco después, otro más.

Lorena se estiró un poco y miró a un lado y a otro, buscando al causante de aquellos ruidos. Pero no había nadie a su alrededor.

Justo cuando iba a reanudar la lectura escuchó un nuevo golpe, y esta vez descubrió que procedía de la caja de zapatos que seguía sobre el banco. Se sintió desconcertada e inquieta. Le parecía imposible que los golpes saliesen de aquella caja de cartón.

Como los zapatos no podían moverse solos, imaginó que algún ratoncillo se habría metido en la caja en el taller del zapatero, cosa que no le hacía mucha gracia. Pensó que lo mejor sería apartarse un poco, quitar la tapa y esperar a que el roedor saliera por sí mismo. Una vez fuera, lo asustaría para que se alejase de allí.

Y eso es lo que hizo. Se colocó en un extremo del banco y estiró uno de sus brazos en dirección a la caja. Con la punta de sus dedos quitó la tapa de un golpe y se quedó mirando con atención.

Y lo que vio hizo que todo su rostro cambiase súbitamente. Sus ojos comenzaron a abrirse hasta alcanzar un tamaño enorme, como si sus párpados se hubieran vuelto de goma; la piel de su frente se contrajo y las cejas casi se le juntaron con el arranque del pelo; la boca, como si la mandíbula inferior le hubiese desaparecido, se descolgó hacia su pecho, dejando ver todas sus muelas, la campanilla, y el arranque de la tráquea y el esófago; toda la piel de su cuerpo se erizó y todos sus músculos se crisparon a la vez.

¡No podía creerse lo que estaba viendo!

Ante sus ojos había un hombre, un ser humano de sexo masculino y mediana edad. Estaba dentro de la caja, en pie, entre los zapatos de su padre. Aquel hombre medía aproximadamente treinta centímetros de estatura y estaba vestido con harapos.

Lorena tardó en reaccionar. Durante un buen rato se quedó completamente paralizada y sólo al cabo de un par de minutos fue capaz de moverse un poco, de recobrar su aspecto y de reflexionar.

Lo primero que pensó fue que se trataba de un muñeco a pilas, que alguien estaría manejando a distancia con ánimo de gastarle una broma. Fue a cogerlo para descubrir el truco, pero en ese momento se dio cuenta de que era demasiado perfecto para ser un muñeco.

Pensó entonces en la posibilidad de estar viviendo un sueño e intentó despertarse: abrió y cerró los ojos varias veces seguidas, se palmeó la cara con las manos, se pellizcó las piernas... No estaba dormida, no estaba soñando. Estaba despierta, y bien despierta.

Observó, entonces, que aquel hombre diminuto agitaba los brazos, intentando llamar su atención. Fue cuando por primera vez pudo escuchar su voz. No es que tuviese una voz débil o apagada, sino que más bien estaba en consonancia con su cuerpo, por eso tuvo que acercarse un poco para poder oírla. Él era consciente de ello y al hablar la forzaba cuanto podía.

—Por favor, ayúdame —suplicaba el hombrecillo.

Lorena pensó que no tenía nada que temer de alguien con un tamaño semejante, que además parecía acobardado y que no cesaba de pedir socorro. Se fijó en que aquel hombre no era deforme ni contrahecho, estaba perfectamente proporcionado. La única peculiaridad era su pequeño tamaño.

—Ayúdame, te lo suplico —continuaba repitiendo el hombre, y su voz parecía muy desesperada—. No me abandones en la calle.

—No he pensado abandonarte —Lorena al fin se atrevió a hablar—. En realidad, no he pensado nada. No sé qué pensar.

—Comprendo que estés sorprendida, pero no me dejes en la calle. ¡En la calle no, por favor! Hay perros y gatos sueltos, y palomas que lo picotean todo, y avispas casi tan grandes como mi cabeza... Podría ser arrastrado por el escobón de un barrendero hasta un contenedor de basura, ahogarme en un charco de agua, ser pisoteado por cualquier persona...

A Lorena le hizo gracia que temiera a un gato, a una paloma o la escoba del barrendero. Pero enseguida comprendió que aquel hombrecillo tenía razón y que podía sentirse amenazado por cosas que el resto de las personas no dan importancia.

—¡No quiero ni pensar en los niños! —exclamó aquel hombre angustiado.

—¿Los niños, también? —preguntó Lorena.

—Un pequeñajo se empeñó en que yo era Pulgarcito y me metió en el bolsillo de su cazadora. Estuve a punto de morir asfixiado entre un bollo de chocolate y un dragón de plástico. Aún no sé cómo pude escapar de allí.

Al oír lo de Pulgarcito a Lorena le entraron ganas de reír, pero se contuvo al observar la angustia con la que aquel hombre lo estaba contando. En cierto modo entendía al niño, del que el hombrecillo renegaba, y no le culpaba de haberlo confundido con el personaje del cuento. Eso no era más extraño que encontrar a un hombre diminuto dentro de una caja de zapatos.

—Tienes que ayudarme.

La voz del hombrecillo resultaba tan lastimosa que a Lorena le resultó imposible decirle que no.

—Puedo llevarte a mi casa.

—¿Con quién vives?

—¡Con quién voy a vivir! ¡Con mis padres!

—Llévame a tu casa, pero no deberás decirles nada.

—¿Por qué?

—¡Ah! Conozco muy bien a los adultos. Yo, a pesar de mi tamaño, soy también uno de ellos. Si un adulto me encontrase se le podría ocurrir hacer conmigo cualquier barbaridad. No sé, tal vez me pusiese un collar para convertirme en su mascota, o me disecase para colocarme sobre una peana en el salón de su casa, o me entregase a un laboratorio para que los científicos me estudiasen... No quiero ni pensarlo.

—Entonces... —trató de razonar Lorena—. Antes de ser así... ¿fuiste una persona normal, como todas?

—¡Soy una persona normal! —exclamó el hombrecillo de mal humor, como si le indignase tener que explicar algo que para él era evidente—. Que me veas reducido no significa que no sea una persona normal.

—Quería decir que...

—Entiendo tu sorpresa y tu desconcierto —el hombrecillo hizo un esfuerzo por recobrar la calma—. Te aseguro que hasta hace poco tiempo yo era una persona normal, como tú dices, y medía lo que todas las personas normales; incluso, algo más, pues era de buena estatura.

—¿Y qué te ha ocurrido para...? —Lorena no completó la pregunta.

—No lo sé. Si lo supiera, tal vez podría buscar un remedio.

El hombrecillo, abatido, se sentó sobre el empeine de uno de los zapatos y se cubrió el rostro con ambas manos en un claro gesto de desesperación. Lorena se imaginó que estaba llorando y sintió una gran ternura hacia él. Comprendió que necesitaba ayuda, pues solo no podría sobrevivir, y tomó una decisión:

—Te llevaré a mi casa y te cuidaré —dijo.

—Gracias —la voz del hombrecillo salía entrecortada por el llanto.

—Pues, ahora, agárrate bien para no caerte.

—Me meteré dentro de un zapato, así me siento más seguro. Procura no mover mucho la caja.

—La llevaré con cuidado.

Mientras el hombrecillo se acomodaba, Lorena recogió el viejo libro sin pastas. Al verlo, el hombrecillo se quedó mirándolo con atención y preguntó:

—¿Te gusta leer?

—Sí, mucho.

—Tal vez te suene el nombre de un escritor, Benjamín Rocaseca.

—No me suena. A lo mejor no escribe para gente de mi edad.

—Siempre escribió libros para mayores; pero hace poco tiempo escribió un libro para niños. Se titula *La mariposa de siete colores.*

—Últimamente ya no leo libros para niños.

—Bueno, no importa. Ahora, llévame a tu casa. Quiero sentirme en un lugar seguro y descansar un poco, desde hace unos días no gano para sobresaltos.

—Agárrate fuerte.

Lorena colocó la tapa sobre la caja y sobre ella el libro. Luego, la agarró con ambas manos y la levantó con cuidado. Y muy despacio, procurando que la caja se moviera lo menos posible, se dirigió hacia su casa. Sentía una extraña mezcla de emoción y desconcierto.

Era emocionante haber encontrado a un hombre así, tan diminuto que hasta un niño lo había confundido con el mismísimo Pulgarcito; pero ese mismo hecho era la cosa más desconcertante que podía imaginar.

Emoción y desconcierto. Las dos cosas habían conseguido que Lorena se sintiera en tensión, muy nerviosa.

Agachó la cabeza un poco y preguntó:

—¿Vas bien?

—Sí —se escuchó una voz muy débil dentro de la caja.

EL PLATO DE CROQUETAS

Cuando Lorena salió del ascensor se detuvo en el rellano, justo frente a la puerta de su casa. Se dio cuenta en ese momento de que tenía un pequeño problema y trató de encontrar una rápida solución.

Aunque disponía de llaves, no las había cogido al salir. Sabía que su madre estaba dentro y sólo tenía que pulsar el timbre para que la abriera. Pero le preocupaba que, al ver la caja de zapatos, se la quitase de las manos y, sin darle tiempo a reaccionar, mirase en su interior. Además, por la hora que era, también podía haber llegado su padre; y si él abría la puerta, seguro que se lanzaría con decisión a por sus zapatos nuevos.

Estuvo pensando en varias soluciones, pero ninguna le convencía del todo, así que decidió arriesgarse.

Acercó su boca a la caja y dijo en voz baja:

—Agárrate fuerte.

—¿Qué ocurre?

—A lo mejor pillamos turbulencias.

—¿Falta mucho para llegar a tu casa? —La voz del hombrecillo estaba llena de inquietud.

—Estamos en la puerta. Ahora no digas nada.

Lorena cambió la posición de la caja y se la colocó bajó el brazo derecho, bien sujeta. Luego, con la mano izquierda pulsó el timbre.

Al momento, su padre, que como sospechaba había regresado ya del trabajo, abrió la puerta.

—¡Ah, mis zapatos nuevos! —exclamó nada más ver la caja—. Gracias por recogerlos. Estoy deseando saber si Demetrio los ha estirado un poco.

El padre de Lorena había iniciado dos movimientos. Por un lado, se agachaba para dar un beso a su hija; por otro, estiraba los brazos para agarrar la caja de zapatos.

Lorena no tuvo más remedio que hacer un quiebro digno de un delantero centro de un equipo de fútbol: amagó hacia un lado y esquivó a su padre por el otro, dejándolo desconcertado frente a la puerta de la calle.

A toda prisa, se dirigió hacia su cuarto. Abrió la caja de zapatos y, con una decisión que a ella misma sorprendió, agarró al hombrecillo y lo sacó en volandas. Buscó un lugar donde esconderlo, pero como ya sentía los pasos de su padre por el pasillo, abrió un cajón de su mesilla y lo metió allí, entre sus calcetines y bragas. Nada más cerrar el cajón entró su padre.

—¡Pero bueno! —exclamó—. ¿Se puede saber por qué...?

Lorena no le dejó terminar. Se acercó a él y dando un salto muy grande se colgó de su cuello. Su padre la sujetó con sus robustos brazos y tuvo que hacer algunos equilibrios para no caerse.

—Me ha dicho Demetrio que, si te siguen haciendo daño los zapatos, te compres otros más grandes.

Al padre de Lorena le encantaba que su hija, aunque ya no era una niña, se colgase de su cuello y lo besase. Ella lo sabía y de vez en cuando se aprovechaba y sacaba partido. Sin soltarla, cogió la caja de zapatos, que estaba sobre la cama, y cargando con hija y caja se dirigió hasta el salón.

Se dejó caer de golpe sobre el sofá, al lado de su mujer.

—No seas bruto —exclamó ella.

El padre, a propósito, se abalanzó sobre la madre, con la hija de por medio, formando un revoltijo de cuerpos. A Lorena le encantaba. Sabía que su madre protestaría al principio, pero al final también participaría del juego.

—¡Soy un monstruo monstruoso de la peor especie! —gritaba él—. ¡He secuestrado a estas dos princesas tan guapas y me las voy a comer con patatas fritas!

Y el padre se comía a besos a su mujer y a su hija.

El juego cesó cuando uno de los zapatos nuevos se clavó en las costillas de la madre y ésta comenzó a quejarse. Se serenaron poco a poco y se sentaron correctamente. Entonces, el padre se probó los zapatos.

—Mucho mejor —aseguró cuando se hubo calzado los dos y se puso de pie—. Este Demetrio es un artista.

Entonces Lorena cayó en la cuenta de que su padre, que siempre había vivido en el barrio, podía saber más cosas del zapatero.

—¿Hace mucho que conoces a Demetrio? —le preguntó.

—Desde que se instaló aquí, hace...

—Seis años y seis meses.

—Pues desde entonces.

—¿Y a ti te ha enseñado alguna vez la trastienda?

—¿Qué trastienda?

—Hay una puerta en la zapatería que comunica con ella.

—Ni siquiera sabía que existiera.

—Todas las tiendas tienen una trastienda —Lorena volvió a repetir las palabras de Demetrio—. Me ha dicho que un día me la enseñará.

—No esperes encontrar un tesoro allí —rio el padre—. Seguro que no hay más que trastos y telarañas. Demetrio es un buen zapatero, pero está un poco chiflado. Es buena persona, pero tiene la cabeza llena de pájaros. No le hagas mucho caso.

En otras circunstancias, las últimas palabras de su padre le hubiesen hecho pensar mucho, pero la mente de Lorena estaba ocupada por el hombrecillo, al que había dejado dentro de un cajón de su mesilla, entre su ropa. No podía dejar de pensar en él ni un solo segundo.

Aunque le había asegurado que no diría nada a sus padres, pensó que no podría guardar un secreto tan grande, que iba a resultar imposible. Además, a ellos se les podía ocurrir alguna idea. Por eso, después de pensarlo un buen rato, se decidió:

—¿Sabéis lo que había en la caja, además de los zapatos? —les preguntó de pronto.

Sus padres se quedaron mirándola, esperando una explicación.

—¿Qué? —preguntó al fin su padre, al ver que ella no se decidía.

—Un hombre así —con sus manos, Lorena trató de representar su tamaño—. Y no penséis que es una broma.

—Demetrio ya te ha contagiado su chifladura —replicó el padre.

—¡Lo digo en serio, completamente en serio!

—No digas bobadas —intervino su madre.

—¡Bobadas! —se indigno Lorena, que subió el tono de voz—. ¿Por qué siempre pensáis que digo bobadas?

—No siempre lo pensamos —continuó su madre—. Sólo cuando las dices, y últimamente parece que te has aficionado a ellas.

—Venid a mi habitación y lo comprobaréis. Ese hombre está en un cajón de mi mesilla.

—¡Dichosa adolescencia! —exclamó la madre.

—Ya sabes que esa enfermedad es la única que se cura con la edad —sonrió el padre.

—¿No queréis venir a comprobarlo? —preguntó con un punto de rabia, intentando que sus palabras pareciesen un ultimátum.

Sus padres se limitaron a cruzar una nueva mirada y a encogerse de hombros.

Indignada, Lorena se levantó muy enfadada del sofá, pero antes de salir del salón, su madre le recordó que aquella tarde tocaba cocina. Eso significaba que había que preparar comidas y cenas para dos o tres días. Y ella tenía que ayudar. Eran las reglas de la casa, que todos aceptaban y acataban. Las tareas domésticas estaban repartidas, pero cuando tocaba cocina intervenían los tres, y así les cundía mucho más.

Y fue precisamente allí, mientras se relamía de gusto al ver cómo se estaban friendo en la sartén unas croquetas para la cena, cuando pensó que el hombrecillo debería comer también. Seguramente llevaba mucho tiempo sin probar bocado y eso no le vendría nada bien, pues sólo le haría menguar más deprisa. Por consiguiente, decidió que, antes de irse a la cama, pasaría por la cocina y le llevaría las croquetas que sobrasen.

Ella se encargó de preparar la mesa y colocó en el centro, junto a la jarra con agua y al cesto del pan, una fuente con las croquetas doraditas.

Esa noche su padre parecía tener mucha hambre, pues no dejaba de comer. Lorena, preocupada, veía cómo las croquetas iban desapareciendo poco a poco.

—¡Están buenísimas! —exclamaba él con la boca llena, y pinchaba otra.

—Te vas a empachar, papá, y luego te dolerá la tripa y no podrás dormir bien —dijo Lorena, que no pudo contenerse.

—Tiene razón —añadió la madre—. No es bueno comer tanto, y menos por la noche.

El padre se quedó con el tenedor en el aire. Miró a su mujer y a su hija. De buena gana hubiese seguido pinchando croquetas, pero se contuvo. Con pena, dejó el tenedor junto al plato y del frutero sacó una manzana.

—De postre, al menos, podré comerme una manzana, ¿no?

Lorena contó las croquetas que habían sobrado: ¡cuatro! Se preguntó si con cuatro croquetas saciaría su apetito el hombrecillo. En todo caso, podría buscar en el frigorífico y llevarle alguna cosa más.

Entre los tres recogieron la cocina en un momento y volvieron al salón. El padre se acomodó en su sitio preferido del sofá y comenzó a hojear el periódico para ver qué películas daban esa noche por la tele.

—Me voy a la cama, tengo sueño —dijo Lorena.

Dio un beso a su padre, otro a su madre y abandonó a toda prisa el salón. Antes de entrar en su cuarto pensó en ir a la cocina a por las croquetas, pero decidió que sería mejor esperar un poco, hasta que empezase una película. Cuando sus padres se enfrascaban en una película no se enteraban de nada.

En cuanto entró en su habitación, su mirada, como si hubiera sido atraída por un poderoso imán, se clavó en la mesilla. Entonces recordó el cajón en el que había metido al hombrecillo y se sintió muy apurada. Ese cajón estaba lleno de calcetines y bragas. Desde luego, no era el sitio más adecuado. Además, lo había cerrado del todo, por lo que la oscuridad en su interior debía de ser absoluta. Debería darle una explicación y pedirle disculpas. Esperaba que comprendiese que la prisa por esconderlo no le permitió encontrar un sitio mejor.

Se sentó en el borde de la cama y abrió muy despacio el cajón, para no asustarlo. Se imaginaba que lo encontraría inquieto, nervioso, tal vez agobiado por la estrechez del lugar. Pero todos sus temores resultaron infundados, pues aquel hombre diminuto dormía a pierna suelta. Y por la postura, y hasta por los ronquidos que daba, parecía sentirse muy a gusto.

Prefirió no despertarlo. Se puso el pijama y se fue al cuarto de baño para hacer pis y lavarse los dientes. Antes de volver, con disimulo, echó un vistazo al salón. La película había comenzado y sus padres miraban el televisor embelesados. Era el momento.

Entró de puntillas en la cocina y cogió el plato con las cuatro croquetas que habían sobrado de la cena; pero como le pareció poca comida, añadió una loncha de queso, otra de jamón y dos piezas de fruta. Luego, con mucho sigilo, regresó a su habitación y colocó el plato sobre la mesilla. Después, trató de despertar al hombrecillo.

—¡Psssss! —le chistó—. ¡Psssss! ¡Eh, despierta!

El hombre diminuto se revolvió hacia un lado, luego hacia el otro y finalmente abrió los ojos. Se quedó mirando a Lorena.

—¡Ah, eres tú!

—He traído un poco de comida. Imaginé que tendrías hambre.

—Gracias, desde hace días mis tripas no hacen más que quejarse.

El hombre trató de incorporarse, pero se hundió entre la ropa interior de Lorena. Ella lo ayudó a ponerse de pie y luego a salir del cajón.

—Perdona que te haya metido en este sitio. Fue el primero que...

—No te preocupes. Se está muy cómodo y muy calentito.

El hombre se quedó mirando sorprendido el plato de comida que le había llevado.

—¿Qué es esto? —preguntó.

—Sólo han sobrado cuatro croquetas, por eso he traído, además...

—No pretenderás que me lo coma todo. ¿Te olvidas de mi tamaño?

Entonces Lorena se dio cuenta de que una sola de aquellas croquetas abultaba tanto como su cabeza y que para levantarla del plato tendría que usar sus dos brazos y hacer un esfuerzo enorme.

—Creo que me he pasado —reconoció, y con un cuchillo partió una croqueta en pequeños trozos—. Come lo que quieras, o lo que puedas.

El hombre se lanzó sobre uno de aquellos trocitos y comenzó a devorarlo con ganas, relamiéndose de gusto.

No había ni terminado de comerse una cuarta parte de la croqueta, cuando comenzó a hacer gestos, dando a entender que su estómago ya estaba prácticamente lleno. No obstante, al ver una naranja sobre el plato, pidió un favor a Lorena:

—Si pelases esa naranja y me dieses un gajo te estaría muy agradecido. Me encantan las naranjas.

Enseguida Lorena peló la fruta. Luego, la abrió por la mitad y después, con cuidado, separó uno de los gajos. El hombre lo sujetó con las dos manos y comenzó a mordisquearlo por un extremo.

—¡Deliciosa! —exclamaba, mientras sorbía el zumo.

Tampoco pudo terminar el gajo y más de la mitad quedó sobre el plato. El hombrecillo alzó los brazos y se estiró sin disimulo.

—Ahora me vendrá muy bien dormir unas cuantas horas. ¿Me ayudas a entrar en el cajón?

—Puedo buscarte otro sitio.

—No te molestes. Dormiré perfectamente allí. Eso sí, te ruego que no lo cierres del todo, me da un poco de claustrofobia.

Lorena ayudó al hombrecillo a entrar en el cajón de la mesilla y observó cómo se acomodaba entre su ropa. Luego, ella misma se acostó y apagó la luz. Como la puerta de la habitación estaba entreabierta, llegaba por el pasillo un resplandor desde el salón. Le parecía increíble estar viviendo todo esto; es más, le parecía sencillamente imposible, y achacaba lo sucedido a una extraña alucinación de su mente. Por eso, estaba segura de que de un momento a otro las cosas volverían a ser como siempre habían sido y aquel hombrecillo se esfumaría como lo que era: un espejismo.

BENJAMÍN ROCASECA

Súbitamente, Lorena llegó al convencimiento de que, a pesar de que aún no se había dormido, se estaba despertando de una pesadilla. Por fin su mente volvía a comportarse como era debido y dejaba de gastarle bromas pesadas, con hombrecillos que aparecen dentro de una caja de zapatos.

Se incorporó en la cama y miró hacia el cajón de la mesilla. Había poca luz y no podía ver el interior, pero estaba segura de que allí sólo estaba su ropa interior. Nada más. No podía haber ningún hombre diminuto por la sencilla razón de que no existen hombres de ese tamaño.

Buscó el interruptor de la luz, contuvo unos segundos la respiración y encendió la lamparita que tenía sobre la mesilla.

—¿Qué ocurre? —preguntó una vocecilla al instante.

Lorena resopló con fuerza, vaciando al máximo sus pulmones, y negó con la cabeza. Sus peores temores se hacían realidad y el mayor de los desconciertos volvía a apoderarse de ella.

—¿Hay alguien en el cajón? —preguntó.

—Pues claro, tú misma me has metido aquí. ¿Ya no lo recuerdas?

—¿Quién eres? —insistió, como si se resistiese a aceptar lo que resultaba evidente.

—El hombre que encontraste en la caja de zapatos.

—¡No lo entiendo! —exclamó desazonada—. No es posible que midas lo que mides. Eso sólo podría ocurrir en los cuentos infantiles, y no en todos. ¿Quién eres?

El hombrecillo se sentó. Asomó la cabeza por la ranura que Lorena había dejado abierta y, forzando claramente la voz, dijo:

—Antes de que me trajeses a tu casa te hablé de un escritor, ¿recuerdas? Pues yo soy ese escritor, me llamo Benjamín Rocaseca.

—¿Un escritor...?

La muchacha trataba de ordenar un rompecabezas imposible.

—Si no me crees, mañana puedes ir a una librería y preguntar por mis libros. Algunos llevan en la solapa mi fotografía.

—Te creo.

Lorena se encontraba en una situación en la que ya nada podía sorprenderla. ¿Por qué no iba a creerse que aquel hombre se llamaba Benjamín Rocaseca y era escritor?

—Mi último libro es de literatura infantil, se titula *La mariposa de siete colores*. Después de ese libro no he podido escribir nada más.

—¿Por qué? —preguntó ella, ansiosa de que el hombre le contase más cosas.

—Porque empecé a menguar —respondió abatido Benjamín—. Una mañana, al levantarme de la cama, descubrí que el pijama, que por la noche me estaba bien, me quedaba grande. Pero lo mismo le pasaba a mis camisas, a mis pantalones, a mis jerséis, a mis zapatos...

—¿Y no fuiste al médico?

—Acudí a la consulta de un médico amigo. Las primeras veces sólo se rio de mí. Luego, al ver que la cosa iba en serio, me mandó análisis, radiografías y todo tipo de pruebas. Por último, como vio que mi caso era único, quería encerrarme en un laboratorio para estudiarme como si fuera un conejillo de Indias.

—Pero podía haber descubierto lo que te pasaba.

—Sólo quería hacerse famoso a mi costa. Me di cuenta a tiempo. Quería pasearme por todo el mundo, de congreso en congreso, como si fuera una atracción de feria. Por suerte, pude escapar de sus manos y espero no volver a encontrarlo en mi vida.

A Lorena, aunque seguía pareciéndole increíble todo lo que estaba pasando, le fascinaba aquella historia.

—¿Y desde entonces no has dejado de menguar? —preguntó.

—Nunca he menguado bruscamente, siempre poco a poco. Si sigo así, llegará un momento en que desaparezca del todo.

—¿Y no te da miedo?

—Miedo, no. Lo que siento es pánico, terror, espanto, pavor...

Benjamín no pudo aguantar más y comenzó a llorar. Negaba con la cabeza una y otra vez, daba grandes suspiros y renegaba de su mala suerte.

Lorena sentía que su corazón se encogía ante aquella escena. Quería ayudarlo, pero no sabía cómo. ¡Era todo tan extraño, tan absurdo y disparatado! Pensaba que nadie sería capaz de reaccionar ante una situación semejante, tan fuera de toda lógica. De pronto, tuvo una idea.

—¿Y tu familia? —volvió a preguntar.

—Estoy solo.

—¿No tienes familia? —dijo extrañada, pues pensaba que todo el mundo, en mayor o menor número, tiene a alguien.

—Estuve casado hace tiempo, pero mi matrimonio no funcionó.

—¿No tienes hijos?

—Tengo uno, de más o menos tu edad, pero nunca me he preocupado mucho de él. Vive con su madre y hace años que no lo veo. He sido un mal padre y ahora me arrepiento mucho.

—¿Y por qué no llamas a tu hijo?

—Cuando debía haberlo hecho, no lo hice. Ahora no me gustaría que me viera en este estado tan lamentable —Benjamín se dejó caer, de nuevo abatido, sobre la ropa interior de Lorena y volvió a llorar amargamente—. Tú te has convertido en la única tabla de salvación a la que puedo agarrarme.

—No soy una tabla de salvación. Aunque sea mucho más grande que tú, sólo soy una adolescente, como dicen mis padres. ¿No lo olvides?

—Pero en este momento sólo tú puedes hacer algo por mí —insistía Benjamín.

—Si quieres, puedo llamar a otro médico y...

—¡No! —gritó el escritor—. ¡Médicos, no!

—O puedo llamar a la policía...

—¿Pero te has vuelto loca? ¡Ni se te ocurra llamar a la policía!

—O quizá pueda explicar tu caso en un programa de la tele. Conozco uno al que va la gente para contar sus problemas y a veces encuentran soluciones.

—¡No, no, no!

La confusión y, al mismo tiempo, la desesperación de Lorena iban en aumento. No sabía qué hacer. Aquel hombre rechazaba radicalmente todas las ideas que se le ocurrían. Y lo malo era que no se conformaba con rechazarlas, sino que luego le suplicaba ayuda una y otra vez. Pero... ¿cómo podía echar una mano a alguien que se negaba a aceptar cualquier auxilio? Aquel hombre le estaba pidiendo demasiado y ella sola nunca podría resolver su problema. Pensó en volver a decírselo a sus padres, a llevarlos, incluso, a rastras a su habitación si no la tomaban en serio.

De pronto, Benjamín Rocaseca volvió a dejarse caer de espaldas sobre la ropa de Lorena y abrió los brazos.

—Estoy agotado —dijo—. Necesito descansar un poco. Cualquier esfuerzo que haga me deja sin aliento. Tengo que recuperar las pocas fuerzas que me quedan. De lo contrario, estoy perdido.

—Mañana te buscaré un sitio más seguro y cómodo que ese cajón.

—Gracias, pequeña.

—¿De verdad te parezco pequeña? —se extrañó Lorena.

—A mi lado eres un gigante, pero no puedo evitar que mis ojos sigan viéndote como una jovencita.

—Gracias por no verme como una adolescente. Me llamo Lorena.

—Gracias, Lorena.

Benjamín Rocaseca bostezó aparatosamente y luego giró su cuerpo hacia un lado, encogiéndose un poco. En unos segundos se quedó profundamente dormido.

Lorena lo contempló un instante y sintió una mezcla de pena y ternura hacia él. Le pareció que tenía que ser angustioso vivir así, sabiendo que poco a poco iría menguando y que su destino, si alguien no lo remediaba pronto, sería desaparecer sin dejar rastro, del mismo modo que un charco de agua desaparece cuando sale el sol.

Apagó la luz y se arrebujó entre las sábanas. Ella también necesitaba dormir. No es que hubiese hecho esfuerzos extraordinarios durante el día, pero se sentía muy cansada, como si el misterioso descubrimiento la hubiese agotado. Cerró los ojos y trató de no pensar en nada, de olvidar las emociones vividas, que tanto le estaban alterando, de relajar su cuerpo, de dejarse abrazar por los cálidos brazos del sueño... Necesitaba dormir, necesitaba olvidarse durante unas horas de lo que estaba pasando.

MELBA & MALBA, LIBROS

Parecía que estaba amaneciendo, pues entre las cortinas de la ventana comenzaba a filtrarse bastante luz. Lorena giró ligeramente la cabeza y observó el cajón abierto de la mesilla. Aunque no lo distinguía con claridad, un bulto oscuro delataba la presencia de Benjamín Rocaseca, que parecía seguir durmiendo plácidamente, ajeno a todo, ajeno incluso a su propio drama.

Se levantó sin hacer ruido para no despertarlo y lo observó durante unos segundos. Trató de recordar cuál era su tamaño exacto el día anterior para comprobar si había menguado, o no, durante la noche. A simple vista no se podía apreciar. Era como cuando miramos la aguja horaria de un reloj: no observamos su movimiento, aunque sabemos que se mueve. Lorena acercó una silla al armario y se subió a ella. Abrió las puertas del altillo y apartó dos maletas. Buscaba la casa de muñecas que su madre se había empeñado en comprarle dos años antes, a pesar de que ella insistió en que no le gustaba. Durante un tiempo estuvo rodando por su habitación, hasta que cansada de tropezar con ella la guardó en el armario.

La casa de muñecas tenía un tamaño considerable y pensó que podría ser el lugar ideal para esconder a Benjamín. La sacó con mucho cuidado y, con ella entre los brazos, se bajó de la silla. A continuación, estuvo buscando la ubicación ideal. Descartó colocarla sobre la mesa de escritorio, como había pensado al principio, pues si Benjamín quería salir a estirar las piernas podría caerse al suelo, y aquella altura, que no llegaba a un metro, para alguien de su tamaño podría resultar mortal. Decidió colocarla finalmente en el suelo, entre la mesilla y la pared. Así, aunque no pasaría inadvertida, tampoco estorbaría mucho.

Cuando colocó en su sitio la casa de muñecas, Lorena despertó a Benjamín. Sin darle tiempo a reaccionar, lo cogió en volandas y lo sacó del cajón.

—He encontrado un sitio seguro para ti —dijo.

Benjamín se restregó los ojos con las manos y se quedó mirando aquel juguete lleno de colorines.

—¿Qué es esto? —preguntó.

—Una casa de muñecas. Mi madre me la regaló. Ahora le sacaremos provecho. Como verás, no falta nada: cocina, cuarto de baño, salón, dormitorio... Y todo a tu medida.

—¡Qué horror! —exclamó Benjamín.

—Que a mí no me gusten las casas de muñecas no quiere decir que sean horrorosas.

—Me imagino viviendo en una casa de muñecas y me horrorizo.

—Te aseguro que es el mejor sitio que he encontrado. La he puesto en el suelo para que puedas salir a dar un paseo. Y no te preocupes por mis padres. En esta casa tenemos repartidas las tareas, y de mi habitación me encargo yo sola. Ellos no tocan nada.

Lorena oyó pasos fuera de su habitación, lo que significaba que sus padres ya se habían levantado.

—Vamos, date prisa, entra ya —apremió a Benjamín.

El hombrecillo, como si temiese ser descubierto y no tuviese otra salida, entró en la casa de muñecas y tomó posesión de su nuevo hogar.

Iba a salir de la habitación cuando descubrió sobre la mesilla el plato con los restos de comida: las croquetas, la naranja, el jamón, el queso... Lo cogió con ánimo de llevarlo a la cocina antes de que sus padres notasen su falta. Se detuvo junto a la puerta. Oyó el ruido del agua en el cuarto de baño: su madre se estaría duchando y su padre apuraría la cama, como de costumbre, hasta el último segundo. No había peligro.

Pero se equivocó. Nada más salir de su cuarto oyó una voz a su espalda que la asustó. Las croquetas brincaron en el plato.

—¡Qué madrugadora!

Su padre, ya vestido, se dirigía a la cocina.

—Me has asustado, pensé que estarías durmiendo.

—Hoy tengo que llegar antes al trabajo, pero... ¿qué llevas ahí?

—Nada —Lorena intentó esconder el plato con la comida.

—¡Cómo que nada! Déjame ver, son... ¡las croquetas!

—Sí —tuvo al fin que reconocer ella—. Anoche sentí hambre y me levanté a comer un poco, pero luego me quedé dormida.

—¿Y pensabas comerte todo eso? —su padre estaba asombrado.

—Creo que me pasé.

—Yo también lo creo, pero me alegro.

—¿Por qué te alegras?

Su padre cogió una croqueta con cada mano y al momento se metió una en la boca.

—Dos para cada uno —dijo sin dejar de masticar.

—Cómete las cuatro, aunque una está empezada.

—¡Mmmmm! Frías están tan ricas como calientes.

Durante toda la mañana, en el colegio, Lorena no pudo dejar de pensar en Benjamín Rocaseca. Incluso, durante la clase de Informática, aprovechando un descuido del profesor, entró en un buscador y escribió: «Benjamín Rocaseca». Al momento, en la parte superior de la pantalla, un mensaje le informó de que su búsqueda había tenido éxito y aparecieron varios centenares de lugares donde podía encontrar cosas sobre ese autor. Consultó alguno. Se trataba de un escritor conocido, con varias novelas publicadas, algunas de mucho éxito. También aparecían reseñas de su último libro, el de literatura infantil, *La mariposa de siete colores*. Incluso, encontró unas cuantas fotografías. No cabía la menor duda de que el ser diminuto que había escondido en su cuarto era el escritor.

Por la tarde, a la salida de clase, puso en práctica un plan que había estado meditando durante todo el día. En primer lugar, telefoneó a su casa para decir que llegaría más tarde porque pensaba quedarse a estudiar un rato en la biblioteca, cosa que hacía a menudo.

Pero no fue a la biblioteca, sino a una librería, la mejor y más grande del barrio —*Melba & Malba, Libros*—, en la que sus padres siempre compraban. Conocía de toda la vida a las libreras, dos hermanas gemelas idénticas, a las que distinguía por un pequeño lunar que una de ellas tenía en el pómulo derecho. La del pequeño lunar era Melba; la otra, Malba.

También conocía de sobra la librería. La sección infantil y juvenil estaba en un extremo, adornada con personajes famosos pintados sobre cartón que colgaban del techo sin mucha gracia. Delante de las estanterías y los expositores había una mesa baja y varias sillas de pequeño tamaño. Muchas veces Lorena, cuando era más pequeña, se había sentado en aquellas sillas para hojear libros mientras sus padres buscaban por otra parte.

—Buenas tarde —saludó a las gemelas.

—Buenas tardes, Lorena —respondieron las hermanas a dúo.

Aunque pensó que en la sección de infantil y juvenil estaría el último libro de Benjamín Rocaseca, se dirigió a la de narrativa española contemporánea. Los libros estaban ordenados alfabéticamente por el apellido de su autor. Buscó el estante de la letra «R» y allí encontró sin dificultad cuatro novelas del Benjamín. Las estuvo examinando con curiosidad: los títulos, los comentarios de la contraportada, el nombre de la editorial... En las solapas aparecía una fotografía del autor, la misma en todos los libros, y una pequeña biografía en la que se aseguraba que era uno de los escritores más importantes del país.

—¿Buscas algún libro, Lorena? —escuchó una pregunta a sus espaldas.

Se volvió y descubrió los rostros sonrientes de las hermanas gemelas.

—No... —titubeó al responder.

—Rocaseca es un escritor extraordinario —comentó Melba, al observar los libros que había cogido.

—¿Lo conocéis?

—Una vez tuvimos ocasión de saludarlo en persona. Hemos leído todos sus libros. Son estupendos —respondió Malba—. Además, te interesará saber que no hace mucho tiempo publicó un libro para niños.

—*La mariposa de siete colores* —dijo Lorena, para que supieran que estaba bien informada.

—¿Lo has leído ya?

—No.

—Lo tenemos en la sección de infantil y juvenil.

Mientras Melba se dirigía hacia allá en busca de *La mariposa de siete colores*, Malba comentó algo a Lorena.

—El otro día me dijeron que ha desaparecido.

—¿Quién? —pareció extrañarse la muchacha.

—Rocaseca. Nadie lo ha visto desde hace meses.

—Y ¿dónde está?

—Nadie lo sabe. Yo creo que se ha retirado a algún lugar tranquilo, donde no lo molesten, para escribir un nuevo libro. Los escritores son raros y maniáticos y muchas veces buscan la soledad.

Melba llegó con un ejemplar del libro entre las manos.

—Aquí está —se lo entregó a Lorena—. Quizá te resulte algo infantil. Tú ya eres una adolescente.

A Lorena le entraron ganas de lanzarse a la yugular de la librera. ¡Adolescente! Había pronunciado la palabra que más odiaba.

—Me apetece leerlo, pero no he traído dinero —dijo.

—Es igual, ya lo pagarás otro día.

Lorena pensó que para poder ayudar a Benjamín Rocaseca necesitaba conocerlo lo mejor posible. Sólo así podría averiguar lo que realmente le estaba pasando. ¿Y qué mejor manera puede existir para conocer a una persona que leer lo que escribe?

La mariposa de siete colores no era un libro largo, por eso lo leyó de un tirón, sentada en uno de los bancos del jardincillo que había cerca de su casa, en el mismo lugar donde la tarde anterior había descubierto al hombre menguante dentro de la caja de zapatos de su padre.

La curiosidad por su autor fue lo único que le impidió levantar la vista del libro hasta terminarlo, pues no le gustó nada. A ella, acostumbrada a leer desde siempre, aquella historia de la mariposa de siete colores, como el arco iris, le pareció una cursilada propia de alguien que piensa que los niños son tontos de remate.

Después de terminarlo, lo cerró decepcionada y lo repasó mentalmente. No fue capaz de salvar nada de aquella historia absurda y ñoña, escrita con un estilo demasiado empalagoso, acaramelado. No obstante, decidió no comentar nada a Benjamín. Sería lo mejor. Si el escritor no sabía que había leído su libro no le haría preguntas embarazosas que la obligasen a mentir.

Pensó que lo importante no eran los libros de Benjamín Rocaseca, sino su persona, afectada por aquel extraño mal que le hacía empequeñecer constantemente. Y ella —de eso no cabía la menor duda— quería ayudarlo, encontrar un remedio, o un antídoto, o lo que fuera, contra su mal. Sólo cuando llegó a su casa miró el reloj y tuvo que asumir que nadie podría librarla de una buena regañina. Se le había pasado el tiempo sin darse cuenta y había superado la hora que sus padres le fijaban como límite. Tendría que buscar una buena excusa.

Nada más abrir la puerta escuchó los inconfundibles pasos de sus padres, y sus figuras se recortaron en el pasillo.

—¿Qué horas son éstas de volver a casa? —preguntó él.

—¿Queréis saber la verdad?

De pronto, Lorena pensó que se le presentaba una ocasión de oro para contar todo lo que estaba sucediendo.

—Naturalmente —dijo su madre.

—He estado leyendo un libro que ha escrito Benjamín Rocaseca, el hombre menguante que está oculto en mi habitación. Trataba de descubrir por qué...

—¡No entiendo lo que te está pasando últimamente! —exclamó su madre, que la cortó, muy indignada.

—¡Deja de decir tonterías! —remachó su padre.

—¡Es verdad! ¡Podéis verlo vosotros mismos! —Lorena alzó la voz para resultar más convincente—. ¡Está en la casa de muñecas!

Su madre negó varias veces con la cabeza, haciendo ostensibles gestos de desaprobación. Miró a su marido.

—No, no creo que esto también sea un problema de la adolescencia —le comentó.

—¡No lo es! —estalló Lorena—. ¡Dejad de pensar que todo lo que me sucede es por culpa de la adolescencia! ¡Mierda de adolescencia!

Las palabras de Lorena y, sobre todo, el tono rebasaron el límite de tolerancia de sus padres. Por eso, recibió un auténtico chaparrón de reproches, amenazas y recomendaciones.

La prudencia y el sentido común le hicieron dar marcha atrás y decidió cambiar de postura, mostrándose sumisa y arrepentida. Ya tenía experiencia en situaciones similares. Se imponía una buena estrategia. Por eso, asumiendo toda la culpa, pidió perdón a sus padres y una vez más comprobó cómo la palabra «perdón» era mágica, pues con sólo pronunciarla la tensión desaparecía.

La conversación que mantuvo Lorena con Benjamín Rocaseca aquella noche fue muy corta. No tenía ganas de hablar y, además, se encontró al escritor adormilado sobre la diminuta cama de la casa de muñecas. Se espabiló un poco para comer lo que le llevó y después comenzó a lamentarse, entre suspiros, de su mala suerte, pues según decía se había pasado la vida entera intentando hacerse un hueco en el mundo de la literatura y cuando al fin lo había conseguido le ocurría aquella desgracia.

Lorena comprendió que el hombre se encontraba demasiado deprimido y que resultaba inútil animarlo en aquellas circunstancias. Además, ella tenía un plan para el día siguiente, un plan que quizá le proporcionase un poco de luz. El plan se llamaba «Ediciones Garrapiñadas».

EDICIONES GARRAPIÑADAS

Nada más despertarse por la mañana, Lorena se acercó a la casa de muñecas y llamó a Benjamín Rocaseca. Éste continuaba durmiendo y, aunque respondió a sus palabras, parecía encontrarse en un estado de semi inconsciencia, como si las fuerzas lo estuvieran abandonando poco a poco.

—¿Te encuentras bien? —preguntó preocupada la muchacha.

—Sí.

—¿Quieres que te traiga más comida?

—No.

A todas sus preguntas respondía con monosílabos y, aunque hacía esfuerzos por abrir los ojos, se notaba que los párpados le pesaban demasiado y le obligaban a mantenerlos siempre cerrados.

—Si estás enfermo, puedo traerte alguna medicina.

—No.

Camino del colegio, Lorena iba pensando que aquel hombre necesitaba ayuda con urgencia. Estaba claro que menguar constantemente y durante tanto tiempo le estaba ocasionando serios trastornos, y no sólo físicos. Tenía que hacer algo si de verdad quería ayudarlo, y hacerlo deprisa, antes de que fuese demasiado tarde. Pero por más que lo pensaba, no se le ocurría nada realmente importante.

Y a falta de un plan mejor, se había propuesto, por el momento, indagar sobre su vida preguntando a personas que lo hubieran conocido. Creía que así podría descubrir una pista, un indicio, el cabo de un hilo del que poder tirar... Cualquier cosa.

El problema —su problema— era que tenía que cumplir, además, con sus obligaciones, y la principal era acudir al colegio cada día. Faltar a clase podía desencadenar complicaciones que prefería no imaginar.

Volvió a utilizar la excusa de la biblioteca y, en cuanto salió de clase, sin perder un segundo, se dirigió al lugar en el que llevaba pensando desde el día anterior: Ediciones Garrapiñadas. El nombre de la editorial y la dirección los había visto escritos con letra pequeña en la primera página del libro de Benjamín Rocaseca que se había llevado de la librería de las gemelas. Y sabía que todos los libros del escritor estaban publicados en la misma editorial.

Para llegar a Ediciones Garrapiñadas tuvo que tomar un autobús, pues el lugar, aunque céntrico, quedaba algo retirado de su barrio. Lo hizo a la salida del colegio, sin que nadie la viera.

Se trataba de un edificio antiguo en una calle ancha y bastante transitada. El bajo lo ocupaba un escaparate atravesado por varias repisas, sobre las que descansaban muchos libros, agrupados por temas y colecciones: ensayos, libros históricos, narrativa, poesía... En un extremo, y bajo el rótulo de «novedades», se agrupaban libros de distinto tipo, y entre ellos pudo distinguir *La mariposa de siete colores.*

En cuanto franqueó la puerta de entrada, una señorita sentada tras un mostrador le preguntó:

—¿Deseas algo?

—No... —respondió Lorena, y al instante rectificó—. Bueno, sí.

—¿Y qué es lo que quieres?

—Pues... quería preguntar algunas cosas de Benjamín Rocaseca —Lorena sentía que se había metido en un aprieto.

—Benjamín Rocaseca —repitió la muchacha como si no la hubiese entendido.

—Sí, es un escritor y...

—Ya sé que es un escritor.

La muchacha del mostrador no se distinguía por su amabilidad y el tono de sus palabras siempre era cortante.

—He leído *La mariposa de siete colores* y tengo que hacer un trabajo sobre el libro.

Lorena de pronto había encontrado una excusa.

—Ya... —La muchacha puso gesto de perdonavidas—. ¿Y crees que aquí...?

—Para mí es muy importante ese trabajo, de él depende que apruebe o no la asignatura de Lengua.

La muchacha descolgó el teléfono, miró a Lorena con gesto de compasión y dijo:

—Se lo preguntaré a su editora, pero te advierto que siempre está muy ocupada.

A continuación, marcó un número y se quedó un instante a la espera, hasta que alguien atendió su llamada.

—Celia, hay aquí una chica que quiere saber cosas de Benjamín Rocaseca... Sí, una chica... Sí, Benjamín Rocaseca... Dice que tiene que hacer un trabajo para el colegio... Eso ha dicho... No, muy pequeña no es. Tampoco es mayor... Es... Una adolescente... De acuerdo.

La muchacha colgó el teléfono y, abriendo al máximo los ojos, miró a Lorena, a la que se le había endurecido el gesto desde que había escuchado decir la palabra «adolescente».

—Esta mujer es imprevisible —comentó—. Has tenido suerte. Puedes pasar. Sigue el pasillo hasta el final, allí verás algunos despachos. Entra en el que pone «Celia Anacoluto».

—Ana... ¿qué? —se extrañó Lorena.

—Anacoluto —repitió la muchacha—. ¿Nunca antes habías oído ese apellido?

—No.

—Te confieso que yo tampoco hasta que comencé a trabajar aquí.

Lorena se internó por el pasillo que le había indicado la muchacha. Estaba muy oscuro, pues apenas le llegaba luz natural y las lámparas que colgaban del techo permanecían apagadas. Los laterales, ocupados por largas estanterías, estaban repletos de libros y de cajas archivadoras. Se percibía claramente un desorden organizado: todo parecía amontonado, pero al mismo tiempo todo parecía encontrarse en su sitio.

Sin dificultad, localizó el despacho buscado. La puerta estaba abierta de par en par y junto al marco de madera, en una placa de metal, podía leerse perfectamente: «Celia Anacoluto. Editora».

Se detuvo en el umbral, sin atreverse a pasar. En apariencia no había nadie en el interior. Se veía una mesa muy grande sobre la que descansaban montañas de libros y de carpetas atiborradas de folios. Lorena se imaginó que dentro de aquellas carpetas habría libros aún sin publicar y sintió una gran curiosidad.

De pronto, escuchó un ladrido a su lado. Dio un salto, asustada, y descubrió a un perro diminuto y peludo que la miraba con gesto de pocos amigos.

—Pasa, pasa —escuchó una voz a continuación.

Miró a un lado y a otro, pero no vio a nadie. Iba a avanzar, pero el perrillo seguía cerrándole el paso.

—Adelante —continuó la voz—. Bordea la mesa por la derecha.

En ese momento, el perro, como si obedeciese una orden, se retiró y Lorena avanzó con decisión. Bordeó la mesa por el lado derecho y cuando superó las montañas de libros y carpetas descubrió a una mujer sentada en una butaca giratoria.

—¿Tú eres la adolescente que quiere saber cosas de Benjamín Rocaseca? —preguntó la mujer.

—Sí —respondió Lorena, mordiéndose la lengua.

—Así que tienes que hacer un trabajo en el colegio. ¡Qué interesante!

Lorena no veía el interés por ninguna parte, pero no quiso contradecirla.

—Sí.

—Me interesa que se hagan trabajos en los colegios sobre libros que nosotros editamos. ¿Cómo te llamas?

—Lorena.

—Encantada, Lorena. Yo soy Celia Anacoluto, editora.

—Mucho gusto.

Lorena se había fijado desde el primer momento. Una cosa así no se le podía pasar por alto. Al principio, pensó que se trataba de una ilusión óptica, o de una alucinación, pero poco a poco se fue convenciendo de que lo que veía era tan cierto como que ella misma estaba allí.

¡Celia Anacoluto tenía seis ojos!

Estaban colocados en dos hileras verticales, esto es, tres a la derecha y tres a la izquierda. Por este motivo su rostro adquiría un aspecto difícil de explicar. Era a la vez inquietante y perturbador. Una vez que la mirabas ya no podías apartar la vista de ella, como si su mirada poseyese la fuerza irresistible de un poderoso imán.

Lorena se sintió atrapada por sus ojos, que eran varios y nunca se sabía con cuál te miraba de verdad. Además, y para complicar aún más las cosas, Celia Anacoluto usaba gafas, pero no unas con cristales grandes que cubriesen sus seis ojos, sino que usaba tres gafas distintas, superpuestas, como si cada par de ojos necesitase unos cristales con graduación diferente.

La editora notó la impresión de la chica y le explicó:

—Es fantástico para una editora como yo tener seis ojos. Todos los ojos son pocos para este trabajo. Nada debe escaparse a mi mirada.

—Pero... nunca había visto a alguien así —se atrevió a comentar Lorena.

—Te creo.

Celia Anacoluto sonrió.

—Debe de ser incómodo usar tantas gafas juntas.

—Lo ideal sería no necesitarlas, pero te acostumbras con el tiempo. A mí no me queda más remedio que llevarlas, pues dos de mis ojos son miopes; los otros dos, hipermétropes; y los terceros tienen cataratas.

Pensó entonces Lorena que no era ninguna ventaja tener tantos ojos si todos tenían algún defecto o enfermedad. Ella prefería tener sólo dos, pero completamente sanos.

—¿Y qué quieres saber de Benjamín Rocaseca? —preguntó de pronto la editora.

—Pues... —titubeó Lorena—. Algo de su biografía. He leído *La mariposa de siete colores* y necesito, sobre todo, saber cosas de su vida.

—Te aseguro que a mí también me gustaría —dijo la mujer, abriendo elocuentemente los brazos—. Quizá así pudiese entender lo que hace.

—¿Qué hace?

—No lo sé. Hace meses que parece que se lo ha tragado la tierra. Ha desaparecido sin dejar rastro.

—¿Y han avisado a la policía?

—¡Oh, no! —rio con ganas la editora—. No se trata de eso. Supongo que ha desaparecido voluntariamente. ¿Me entiendes? Lo más probable es que se encuentre en alguna playa tomando tranquilamente el sol mientras los demás nos preocupamos.

—¿Y su familia?

—Su familia hace tiempo que renunció a saber nada de él. No le habrán echado en falta. Pero, bueno, creo que lo que te estoy contando no te servirá para tu trabajo.

—Sí, sí, todo me puede servir —se apresuró a decir Lorena, que no quería que aquella mujer dejase de contarle cosas.

—Y dime... ¿Todos los alumnos de tu clase han comprado el libro?

—Sí..., sí, claro —mintió Lorena.

—¿Y cuántos alumnos hay en tu clase?

—Creo que veinticinco.

—¿Y los de otras clases también lo han comprado?

—Sí..., sí —Lorena sentía que se metía en una especie de callejón sin salida.

—¿Cuántas clases?

—Cinco.

—Cinco por veinticinco son ciento veinticinco. ¡Fantástico! En Ediciones Garrapiñadas nunca habíamos editado libros para niños, pero, ahora, a la vista de algunos estudios de mercado, nos estamos planteando seriamente... Pero no quiero aburrirte.

—No me aburre. Me parece muy interesante lo que me cuenta y, sobre todo, muy útil. Me refiero para mi trabajo.

Todo parecía encajar perfectamente. Hacía meses que Benjamín Rocaseca, tal y como afirmaba su editora, había desaparecido. Y según todos los indicios nadie sospechaba nada de lo que en realidad le estaba ocurriendo, pues le imaginaban en una playa tumbado a la bartola. Eso quería decir que sólo ella conocía la verdad. Por consiguiente, el escritor tenía razón cuando aseguraba que nadie más podía ayudarlo. Pero... ¿por qué la había elegido precisamente a ella? O a lo mejor ni siquiera había sido así, sino producto de la pura casualidad.

De pronto, se oyeron unos golpecitos en la puerta del despacho, como si alguien estuviera llamando suavemente con los nudillos. La editora y la chica volvieron la cabeza a la vez. En el rostro de la mujer se dibujó una sonrisa, tan generosa como forzada.

—¡Rodolfo!

—¡Celia! —exclamó el recién llegado.

Se trataba de un hombre de no menos de cincuenta años, de complexión fuerte tirando a obeso, sobre todo a la altura del abdomen, con el pelo escaso, cano y muy largo. Caminaba exageradamente erguido, como si en vez de columna vertebral tuviese el palo de una escoba, con la cabeza tan alta que parecía estar mirando en todo momento las telarañas del techo.

Lorena lo observaba con la boca abierta, no dando crédito al nuevo prodigio que contemplaban sus ojos.

¡El hombre que atendía por el nombre de Rodolfo tenía tres narices del mismo tamaño!

Bordeó la mesa abarrotada de libros y carpetas por la derecha, como si ya conociese el camino, se agachó ligeramente, besó a Celia Anacoluto, que no se movió del sitio, limitándose a ofrecer alternativamente sus mejillas, y finalmente reparó en Lorena.

—¿Tu nieta? —preguntó a la editora sorprendido.

—No soy tan mayor para tener nietas de esta edad.

El gesto de Celia no podía disimular su fastidio.

—Lo sé, lo sé... —rio el hombre de buena gana—. Sólo era una broma.

Entonces, la editora debió de creerse en la obligación de proceder a las presentaciones y, dando todo tipo de explicaciones, dijo:

—Ella es Lorena, una chica que ha leído *La mariposa de siete colores,* el último libro de Benjamín Rocaseca, ¿recuerdas?

—¡Cómo no recordarlo! —exclamó el hombre, rascándose alternativamente las tres narices.

—Él es Rodolfo Retruécano —prosiguió la mujer con las presentaciones—. Eres muy joven y quizá no te diga nada su nombre, pero es uno de los críticos más importantes del país.

—Celia exagera —dijo el hombre, engolando la voz—. Te habrás dado cuenta de que somos buenos amigos.

Lorena, desde que lo había visto entrar en el despacho, no había podido apartar la mirada de sus tres narices. Las observaba con tanto descaro e insistencia, que el crítico se dio cuenta y, a propósito, comenzó a rascárselas sin disimulo.

—Tener tres narices es una suerte para Rodolfo Retruécano —aclaró Celia—. El olfato es una cualidad importantísima en un crítico. Ellos deben olfatear siempre para descubrir los buenos libros.

—Por supuesto —añadió Rodolfo, apuntando una escueta sonrisa—. Yo estoy orgulloso de mis tres narices. Soy consciente de que son la parte más notable y peculiar de mi anatomía. Con ellas, en el fondo, me gano la vida. Todo el mundo me respeta y hasta me admira por ello.

—Tendrá que cuidarlas mucho —se le ocurrió comentar a Lorena.

—Lo hago a todas horas —continuó el crítico—. Ahora vengo precisamente del otorrino.

—¿Y qué te ha dicho? —preguntó de inmediato Celia Anacoluto.

—En una nariz tengo rinitis; en la otra, sinusitis; en la tercera, una congestión crónica. Me ha recetado unos comprimidos y tres aerosoles.

Lorena no pudo evitar llevarse una de las manos a la nariz, como si quisiera cerciorarse de que seguía en su lugar. Luego, pensó que prefería mil veces tener una nariz sana antes que tres enfermas.

Entonces, Rodolfo Retruécano apoyó una de sus manos sobre el montón de carpetas que había sobre la mesa, miró a Lorena y después a la editora. Por último, como solía, pareció concentrar su vista en la pintura agrietada del techo.

—¿Y qué hay de mi novela? —preguntó al fin.

—La sacaremos en otoño, para promocionarla al máximo durante la campaña de Navidad —explicó Celia.

El crítico frunció el ceño.

—Hablas como si mi novela fuera una botella de cava.

—Tú ya me entiendes.

A Lorena le sorprendió que el crítico también escribiese novelas. Suponía que escribía, pero había pensado que sus libros serían ensayos sobre otros libros, o sobre escritores, o sobre movimientos literarios. Por eso se volvió hacia él y le preguntó con curiosidad:

—¿Usted también escribe novelas?

—¡Qué remedio! —suspiró Rodolfo Retruécano de manera forzada—. Alguien tiene que salvar la literatura en estos tiempos, jovencita. Alguien tiene que escribir una obra canónica, de referencia, donde todas las demás se miren y se comparen. ¿Me entiendes ahora?

—No mucho.

En realidad, Lorena no entendía nada de nada, pero le daba apuro decírselo de manera tan contundente. Lo malo era que temía que aquel hombre, que empezaba a resultarle un poco cargante y empalagoso, quisiera explicárselo. Afortunadamente para ella, terció Celia Anacoluto:

—Lorena sólo está interesada en Rocaseca.

—Hace tiempo que no lo veo —se encogió de hombros Rodolfo Retruécano—. El otro día me encontré a su ex mujer y a su hijo. Tampoco saben dónde se ha metido.

—Pues a mí me está haciendo la puñeta. Hemos tenido que suspender toda la promoción de sus libros. Incluso, ya habíamos pagado a Tania Vastos Bustos.

—¿Esa ordinaria?

La pregunta de Rodolfo Retruécano no pasaba de ser un gesto despectivo.

—La recomendaron los de marketing —continuó Celia Anacoluto—. Desde que se separó de su último marido, un futbolista muy famoso, está a todas horas en los medios. Un supuesto romance entre Benjamín Rocaseca y Tania Vastos Bustos dispararía las ventas.

Lorena no podía dar crédito a lo que estaba escuchando. Ella, que tanto disfrutaba con los libros, nunca habría imaginado que pudiesen *cocinarse* en un lugar semejante. De pronto, sintió ganas de marcharse.

—Tengo que irme ya —dijo.

La editora volvió sus seis ojos hacia ella y le preguntó directamente:

—¿Crees que en muchos colegios del país se estará leyendo *La mariposa de siete colores,* como en el tuyo?

—Seguro que sí —le siguió la corriente Lorena.

—¿En cuántos crees?

—En cien, o más.

—Cien colegios a ciento veinticinco libros... —Celia Anacoluto hizo el cálculo mentalmente—. ¡Doce mil quinientos libros!

Se despidió apresuradamente y abandonó el despacho casi a la carrera, aun a sabiendas de que su actitud podía parecer poco educada. Pero en ese momento no se encontraba con ánimo de poner en práctica los buenos modales que sus padres siempre le habían enseñado.

Por el pasillo oscuro, antes de llegar a la recepción, Lorena se cruzó con un hombre en mangas de camisa que hablaba por tres teléfonos móviles a la vez. Al fijarse con detalle en su cara comprendió que para él no era un disparate hablar al mismo tiempo por esos tres teléfonos, ya que tenía tres bocas, que describían una perfecta línea curva entre sus orejas.

Boquiabierta, llegó a la recepción. Entonces preguntó a la muchacha que estaba tras el mostrador:

—¿Quién es ese hombre con tres bocas que es capaz de hablar por tres teléfonos a la vez?

—Es Sixto Sinalefa, el director comercial —explicó—. Es una gran ventaja para un director comercial tener tres bocas y tres voces.

—¿Y sus tres voces son normales? —preguntó Lorena, intuyendo que la ventaja debía de tener también algún inconveniente.

—Por una boca tartamudea, por la otra ganguea y en la tercera tiene afonía.

—¡Nunca antes había estado en un sitio tan raro! —no pudo contenerse Lorena.

—¿Raro? —pareció extrañarse la recepcionista—. Esto es sólo una editorial, no lo olvides.

—¿Y no te parece raro que haya personas con tres pares de ojos, con tres narices y con tres bocas?

—La jefa de marketing, Lola Polisíndeton, tiene tres pares de orejas...

—¿Y para qué quiere tantas? —replicó Lorena—. Seguro que unas tendrán otitis; otras, timpanitis y las terceras estarán taponadas con cerumen.

La recepcionista apoyó sus antebrazos en el mostrador y se acercó un poco a Lorena, miró a un lado y a otro y, bajando la voz, dijo:

—Si me guardas el secreto te diré una cosa: en uno de los servicios hay un váter con tres agujeros.

Lorena negó obstinadamente con la cabeza, dando a entender que no quería seguir allí ni un segundo más. Estaba deseando salir de nuevo a la calle, pues pensaba que en aquel recinto estaba siendo víctima de algún maleficio inexplicable. Sin decir ni una sola palabra más, se dio media vuelta y salió de Ediciones Garrapiñadas.

En la acera, rodeada de gente que caminaba en todas direcciones, respiró profundamente. Justo, en ese momento, recordó que era viernes. Y se alegró mucho. No precisamente porque fuera viernes, sino porque al día siguiente sería sábado y dispondría de mucho tiempo libre.

DANTE

Por la noche, Lorena había tardado mucho tiempo en dormirse. Las emociones experimentadas desde que Benjamín Rocaseca apareció en su vida le producían un estado de agitación permanente, de nerviosismo descontrolado, de confusión, de dudas... Todas esas sensaciones juntas habían llegado a afectarle hasta el sueño. Estuvo dando vueltas y más vueltas en la cama, como si librara una pelea sin cuartel contra las sábanas, que se convirtieron pronto en un amasijo. De vez en cuando se incorporaba un poco y miraba el reloj luminoso que tenía sobre la mesilla. El tiempo transcurría muy lentamente.

Por eso, no reaccionó de inmediato cuando, por la mañana, creyó oír un ruido que procedía de la casa de muñecas. El primer pensamiento que tuvo fue que se trataba de un sueño. Era lo más lógico. Estaba obsesionada con el hombre menguante que había instalado en su casa de muñecas, por eso era natural hasta soñar con él.

Cualquier día de la semana, de lunes a viernes, a esa hora de la mañana no sólo ya se habría levantado, sino que incluso estaría dispuesta a salir de casa en dirección al colegio. Pero era sábado. Por eso, se dio la vuelta y trató de seguir durmiendo. De pronto, se dio cuenta de que aquel ruido que había escuchado era un lamento prolongado y lastimero que salía del interior de su casa de muñecas. Temió que a Benjamín le ocurriera algo grave y saltó de la cama como si la hubieran catapultado.

—¡Benjamín!

A cuatro patas, Benjamín salió por la puerta de la casa de muñecas. Lloraba desconsolado y cada pocos segundos su llanto era interrumpido por una especie de jipío.

—¡Es el fin! —exclamó el escritor.

—¿Qué ha pasado? —preguntó la muchacha.

—Ayer, cuando me ponía de pie dentro de la casa de muñecas, mi cabeza rozaba el techo. Pero hoy, cuando me he levantado...

Benjamín no pudo continuar hablando porque le sobrevino un ataque de llanto.

—Cálmate, no llores así.

Lorena nunca había visto a un adulto llorar de una manera tan desconsolada y tan triste.

—¡Es que no paro de menguar! Hoy ya no doy con la cabeza en el techo. ¿Sabes lo que eso significa? Dentro de poco tiempo desapareceré, me extinguiré por completo, moriré. Y lo que más me molesta es morirme como si fuera un insecto, un microbio insignificante. Moriré solo.

Las palabras del escritor habían conseguido que a Lorena se le saltasen las lágrimas.

—¿No te gustaría volver a ver a tu hijo? —le preguntó.

—Pienso constantemente en él —suspiró el escritor—. Y me arrepiento de no haber estado más tiempo a su lado.

—Yo puedo buscarlo —dijo Lorena con decisión.

—No creo que quiera saber nada de mí —gimió Benjamín—. Me he portado muy mal con él.

—Déjame que se lo pregunte.

—¿Lo harías?

—Sí.

—Al menos podría despedirme de él.

Las palabras de Benjamín Rocaseca eran de esas que encogen el corazón.

Lorena buscó un papel y un bolígrafo.

—Dime su dirección.

El escritor le dio las señas y ella las apuntó con cuidado.

Mientras desayunaba sola en la cocina, pues sus padres aún seguían en la cama, trató de calcular cuántos días tardaría Benjamín Rocaseca en desaparecer. Desde que lo había conocido no había dejado de menguar. Hizo algunas cuentas y llegó a la conclusión de que no le quedaría más de un mes, con la agravante de que durante los últimos días su tamaño sería microscópico. Si llegaba a esa situación, tendría que protegerlo con mucho cuidado, pues una simple hormiga podía convertirse en una amenaza terrible.

Sus padres entraron a la vez en la cocina, en pijama, con los pelos revueltos y con cara de sueño.

—Sí que has madrugado hoy —comentó él, y estiró los brazos hacia arriba, como si quisiera alcanzar el techo.

—Tengo que ir a la biblioteca —mintió.

—¿Y eso?

—Un trabajo del cole. Es urgente.

—¿Y de qué es ese trabajo tan urgente?

—Es... —dudó Lorena—. Es... sobre un libro.

—¿No será ese libro tan viejo al que le faltan las pastas? —intervino su madre.

—No.

En ese momento pensó Lorena que podía volver a aprovechar la oportunidad para explicarles que el libro era de Benjamín Rocaseca, y que él se encontraba en su habitación dentro de la casa de muñecas, desesperado, porque desde hacía tiempo había comenzado a menguar de manera continuada. Estuvo a punto de hacerlo, pero se contuvo en el último momento, pues estaba convencida de que sus padres reaccionarían de la misma forma que las veces anteriores y acabarían atribuyéndolo todo a la difícil adolescencia que, según ellos, estaba viviendo.

El padre cortó varias rebanadas de pan y las metió en el tostador. Luego, abrazó por sorpresa a su mujer y comenzó a besuquearla por el cuello. Ella se contrajo un poco, como dando a entender que le estaba haciendo cosquillas, y empezó a reírse. Lorena ya estaba acostumbrada. Siempre los sábados por la mañana sus padres se mostraban muy cariñosos. Estaba claro que el hecho de no tener que ir a trabajar les hacía comportarse de otra manera. Aprovechó la circunstancia para marcharse cuanto antes.

—Me voy —dijo, y cuando sus padres quisieron reaccionar ya se encontraba fuera de la cocina.

Antes de salir, pasó por su habitación y en una carpeta metió un cuaderno y dos libros: el que no tenía pastas y le faltaban las primeras hojas y *La mariposa de siete colores.*

La dirección que había dado Benjamín Rocaseca a Lorena estaba algo retirada de su casa, pero la llevaba directamente un autobús hasta allí. Por eso, sin perder un minuto, se dirigió resuelta hacia la parada.

Durante el tiempo que tuvo que esperar la llegada del autobús, y también durante el trayecto del mismo, estuvo tentada de abrir el libro sin pastas que le había prestado Demetrio, el zapatero remendón. En otras circunstancias ya se lo habría leído, pero los últimos sucesos habían alterado toda su vida. Prefirió no leer, pues aquel libro tenía un magnetismo especial, y en cuanto su mirada se deslizaba por los renglones amarillentos sentía una magia que la atrapaba y le hacía olvidarse de todo lo demás. Temía, por ello, olvidarse incluso de la parada donde tenía que bajarse. No obstante, dedicó un recuerdo a esos tres personajes —un tullido, un chico y una chica— que se afanaban por encontrar el Oráculo del Desierto Impenetrable. Aunque la historia le resultaba emocionante, estaba segura de que lo mejor aún no había llegado.

No tuvo dificultad en encontrar la dirección que buscaba. Se trataba de una casa de cinco plantas, ni muy moderna ni muy antigua. No había portero ni conserje, y la puerta de hierro del portal estaba cerrada. Se cercioró de ello empujándola varias veces.

Estaba pensando que tendría que pulsar el botón correspondiente del portero automático, lo que podría dificultar aún más las cosas, cuando vio que un hombre de edad avanzada se disponía a salir. Se apartó un poco y esperó. Luego colocó un pie con disimulo junto al marco, para que la puerta no volviese a cerrarse. Cuando el hombre se alejó calle abajo, se decidió a entrar.

El portal era grande, pero la escasa luz le daba un aire un poco tenebroso. Lo cruzó despacio, observándose de reojo en un espejo que cubría gran parte de una de las paredes, y entró con decisión en uno de los ascensores.

En la puerta del piso de la ex mujer y el hijo de Benjamín Rocaseca no había ninguna placa con un nombre ni tampoco adornos. Se quedó mirando el timbre, respiró profundamente y pensó una vez más en las palabras que diría cuando le abriesen la puerta.

Pero de pronto algo la paralizó. Era el ruido inconfundible de una cerradura. Alguien estaba abriendo la puerta desde dentro.

Su mente funcionó a la velocidad del rayo y en un segundo analizó la situación. Podía quedarse inmóvil frente a la puerta y esperar a que se abriese. Lo más lógico era que apareciese la ex mujer o el hijo del escritor, con los que ella deseaba hablar. Por tanto, nada más fácil que esperar hasta que se produjese el encuentro. Pero algo en su interior debió de decirle que actuase con más cautela, por eso se apartó con gran rapidez y se ocultó en el tramo ascendente de la escalera.

Enseguida vio cómo se abría la puerta y cómo un chico más o menos de su edad salía de la casa. Lo observó con detalle hasta que se metió en el ascensor. Era alto y espigado, quizá un poco desgarbado al andar, con el pelo castaño claro, muy corto por los laterales y más largo por el centro, donde, además, lo llevaba engominado y de punta, como una cresta.

Cuando el muchacho se metió en el ascensor, ella echó a correr escaleras abajo para no perder su rastro. Bajaba los peldaños de dos en dos y, aunque tropezó un par de veces, mantuvo el equilibrio.

Ya en la calle, lo siguió un buen trecho sin atreverse a darle alcance. Pero antes de que el muchacho se metiese en algún lugar que dificultase el encuentro, aceleró el paso y, al llegar a su altura, alzando la voz, le dijo de sopetón:

—Tengo que hablar contigo.

El muchacho se detuvo. Miró a Lorena y luego a su alrededor, como si esperase descubrir a alguna persona.

—Tengo que hablar contigo —repitió ella, e incluso lo señaló con su mano para disipar cualquier duda.

—¿Conmigo? —él no salía de su asombro.

—¿Tú eres el hijo de Benjamín Rocaseca?

—Sí.

—Pues entonces no me he equivocado.

Lorena resopló y trató de coger fuerzas para continuar. Su cabeza no dejaba de dar vueltas. No sabía cómo decirle a aquel chico todo lo que pensaba, pero decidió que lo mejor sería ir al grano y no andarse con rodeos.

—A tu padre le está ocurriendo algo muy extraño.

En el rostro del muchacho se dibujó una expresión igualmente extraña.

—¿Tú quién eres? —preguntó.

—Me llamo Lorena.

—¿De qué conoces a mi padre?

—Lo encontré casualmente dentro de una... —Lorena se interrumpió bruscamente, pues pensaba que si le contaba la verdad, aquel muchacho la tomaría por loca—. Verás, todo es muy raro.

—Mi padre es muy raro. Hace cosas que yo no entiendo.

La mente de Lorena, que no cesaba ni un segundo de cavilar, llegó a la conclusión de que lo mejor sería llevar a aquel chico a su casa y que con sus propios ojos viera lo que estaba sucediendo.

—Está en mi casa —dijo—. Y quiere verte.

—¿A mí? —preguntó él sorprendido—. ¿Y por qué no viene a verme? ¿Por qué no me llama por teléfono?

—No puede. Ya te he dicho que le está ocurriendo algo muy extraño. Ven a mi casa y compruébalo tú mismo.

El muchacho no dejaba de mirar a Lorena con un gesto de incredulidad y de sorpresa.

—No entiendo nada —dijo encogiéndose de hombros.

Entonces, Lorena decidió endurecer al máximo sus palabras.

—Si no hacemos algo pronto, tu padre desaparecerá en poco tiempo.

—¿Desaparecerá?

—Eso he dicho. Y te aseguro que es verdad.

Le costó mucho trabajo a Lorena convencerlo, sobre todo porque no quería contarle la verdad, sabedora de que eso le echaría para atrás por su rareza. Insistía con tesón una y otra vez, y poco a poco fue notando que el muchacho, sin salir de su confusión, iba cobrando interés.

—¿No es una broma?

—No.

—¿Lo juras?

—No he jurado en mi vida, pero esta vez puedo hacerlo, si tú quieres.

—Pero si vamos hasta allí y resulta que se ha ido...

—No puede marcharse.

—¿Por qué no puede marcharse?

—Sería muy peligroso.

—Pero... ¿qué le ocurre?

—Lo verás tú mismo.

—¿Es grave?

—Sí.

Finalmente, el hijo de Benjamín Rocaseca accedió a ir a casa de Lorena para ver a su padre y descubrir qué era lo que le estaba pasando. Seguía desconcertado con la aparición de aquella muchacha y, sobre todo, con las cosas que le decía. Todo le parecía demasiado absurdo, aunque estaba acostumbrado a no comprender las cosas que su padre hacía, que siempre le resultaban ajenas y extravagantes. Tenía muchas cosas que reprocharle y consideraba que nunca había sido con él un padre modélico, ni siquiera un padre a secas. Pero le agobiaba pensar que quizá aquella chica, a la que acababa de conocer, tenía razón y se encontraba en una situación desesperada. Quizá se fuese a morir y no podría verlo nunca más. Estos razonamientos y otros parecidos fueron los que le impulsaron a seguir a Lorena.

Echaron a andar juntos hacia la parada del autobús. Durante unos minutos permanecieron en silencio, observándose de reojo. Sólo cuando estaban bajo la marquesina de la parada, ella se atrevió a preguntar:

—¿Cómo te llamas?

—Dante —respondió él.

—¿Dante?

—Es un nombre un poco raro. La culpa la tuvo mi padre. Quiso ponerme este nombre porque hubo un escritor que se llamaba así.

—Sí, he oído hablar de él.

—Era italiano y se murió hace la tira de años.

A Lorena, la mención del escritor clásico, le sugirió una pregunta:

—¿A ti, como a tu padre, te gusta escribir?

—No —la respuesta fue categórica.

—¿Y te gusta leer?

—No.

—¿Has leído *La mariposa de siete colores?*

—No.

—Pero ese libro lo ha escrito tu padre.

—Me da igual, todos los libros son un rollo.

Lorena bajó la mirada y contempló la carpeta en la que llevaba el libro de Benjamín Rocaseca junto al libro sin pastas que le había dejado Demetrio, el zapatero remendón.

—Todos, no —comentó en voz muy baja.

Entonces a Lorena se le ocurrió una pregunta que le pareció muy importante, pues ella había elaborado todo su plan partiendo de una respuesta afirmativa a esa pregunta. Pero no estaba segura. Tenía que comprobarlo.

—¿A ti te preocupa lo que le pueda ocurrir a tu padre? —soltó de golpe a Dante.

Él se la quedó mirando, un poco sorprendido. Luego, se quedó pensativo, como si le costase trabajo empezar a hablar. Pero no tardó en responder.

—Sí.

—¿Y no te extraña que lleve mucho tiempo sin dar señales de vida?

—No.

—¿Cómo puedes decir eso?

—Estoy acostumbrado. No es la primera vez.

—Pero en esta ocasión hay un motivo.

Dante se encogió de hombros. Daba la sensación de que se esforzaba en aparentar que todo lo relacionado con su padre le importaba poco. Lorena pensó que su corazón se ablandaría en cuanto lo viese en su casa de muñecas, reducido a un tamaño insignificante, indefenso, derrotado, desvalido, suplicando ayuda. Esa visión tendría que remover a la fuerza sus sentimientos y hacerle olvidar cualquier atisbo de rencor.

EL ENCUENTRO

Cuando llegaron a casa de Lorena, ésta se detuvo junto al portal y, antes de entrar, se acercó a Dante. Mirándolo fijamente a los ojos, dijo:

—Para no complicar más las cosas, tú serás un compañero de colegio. Vamos a la misma clase y estamos haciendo juntos un trabajo. Ahora venimos de la biblioteca. No me pidas que te explique más cosas. Muy pronto tú mismo lo comprenderás todo.

Dante se limitó a afirmar con la cabeza, un poco alelado.

Mientras subían en el ascensor, Lorena examinaba la cara del chico. La expresión de su rostro era una mezcla de sorpresa, incredulidad, confusión, recelo, duda... Quiso ponerse en su situación y pensó que con toda seguridad ella no habría reaccionado de la misma manera. Así que, en el fondo, era una suerte que aquel muchacho se hubiese dejado embaucar con relativa facilidad. Lo atribuyó al hecho de que el asunto estuviese relacionado con su padre y, aunque él se empeñaba en aparentar indiferencia, estaba claro que ardía en deseos de saber dónde estaba y por qué motivo había permanecido tanto tiempo sin dar señales de vida.

Los padres de Lorena se disponían a ir al supermercado para hacer la compra de toda la semana. Acababan de salir de casa con el carrito y repasaban una y otra vez una larga lista escrita a mano. Se toparon con ellos en el rellano de la escalera.

—Dante, un compañero de clase —Lorena se apresuró a hacer las presentaciones—. Tenemos que hacer juntos el trabajo.

El padre de Lorena tendió la mano a Dante y se la estrechó con fuerza. La madre le dio un par de besos.

—Mucho gusto, Dante —dijeron ambos.

—Ya hemos hecho un borrador del trabajo en la biblioteca —añadió Lorena—. Ahora vamos a pasarlo a limpio.

Los padres aprovecharon la presencia del ascensor para bajar, rumbo al supermercado. Lorena pensó que las cosas no podían ponérsele mejor. Que estuviesen solos la tranquilizaba un poco.

Sólo cuando la cabina del ascensor comenzó a descender, entraron en la casa. Impulsivamente, Lorena cogió de la mano a Dante y lo guió por el pasillo hasta su habitación.

—¿Estás preparado? —preguntó.

—Sí —esta vez el muchacho respondió con mucha seguridad.

Se detuvieron un instante junto a la puerta de su dormitorio y luego, muy despacio, penetraron en el interior.

—Aquí está —dijo Lorena, y a continuación resopló, expulsando todo el aire que llevaba dentro.

Dante, más confundido todavía, miró a un lado y a otro. Vio la cama, el armario, una pequeña mesilla, una mesa de escritorio... De repente, tuvo la sensación de que aquella muchacha, que acababa de conocer, le estaba tomando descaradamente el pelo. Iba a protestar airadamente, pero ella señaló con decisión su casa de muñecas.

—¿Qué es eso?

—Tu padre está dentro.

A Dante ni siquiera le pareció una broma lo que le estaba diciendo. Una broma era otra cosa, pero lo que él estaba viviendo era algo peor, mucho peor. Era... era...

Iba a decir algo muy fuerte a Lorena, pero sus palabras se desvanecieron en su garganta al ver cómo de aquella casa de muñecas salía un hombrecillo diminuto, de algo más de un palmo de altura, un hombrecillo que parecía de carne y hueso y que se movía con ademanes precisos y naturales, un hombrecillo que era idéntico a...

—¡Dante! —gritó el hombrecillo al verlo.

El muchacho, como arrastrado por una fuerza misteriosa, se acercó a la casa de muñecas y se agachó ligeramente, hasta que su cabeza quedó a la altura de su padre, cerca, muy cerca. Lo miraba y lo remiraba, como no dando crédito a lo que sus ojos veían.

—Papá... ¿eres tú?

—¡Hijo mío!

El hombre menguante ya había comenzado a sollozar.

Intervino Lorena y le explicó, como mejor pudo, que lo peor no era que tuviera ese tamaño, sino que hubiera llegado a ese estado tras un largo proceso que le hacía menguar constantemente, y que ese proceso aún no había terminado, por lo que si no hacían algo urgentemente seguiría encogiéndose hasta llegar a desaparecer.

—¡Papá! —gritó Dante conmovido.

El muchacho no pudo evitar un acceso de llanto y comenzó a sollozar desconsolado. De sus ojos se escapó un lagrimón que fue a caer justo sobre la cabeza de su padre, quien estuvo a punto de perder el equilibrio por el impacto.

—¡Cuidado! —le advirtió Lorena—. Podría ahogarse.

Dante hizo un esfuerzo para tragarse literalmente aquellas lágrimas y se incorporó un poco. Sus ojos no se apartaban de su padre. Para él su figura siempre había sido la de un gigante poderoso, alguien que lo llenaba todo con sólo pronunciar su nombre; por eso le costaba mucho trabajo verlo convertido en lo contrario, es decir, un enanito patético, indefenso y asustado.

—Papá, papá...

Sentía una enorme ternura hacia él y un deseo enorme de cuidarlo y de protegerlo.

Lorena observaba la escena emocionada y también tenía que hacer un esfuerzo muy grande para no echarse a llorar. Pero entonces cayó en la cuenta de que no había tiempo para sentimentalismos. Si algo estaba claro era que el tiempo jugaba en su contra y que, hicieran lo que hiciesen, tenían que darse prisa, muchísima prisa. Ahora ya no estaba sola. Tenían que actuar juntos, unir fuerzas. Lo malo era que tenía la certeza de que Dante estaba tan confuso como ella.

—Tenemos que hacer algo enseguida —dijo.

Padre e hijo se volvieron a la vez hacia la muchacha, como si esperasen de ella una solución salvadora.

—¿Qué podemos hacer? —preguntó finalmente el aturdido muchacho.

—No lo sé. Te he buscado para que me ayudes a encontrar una salida. Tu padre no quiere que se lo digamos a la policía, ni a un médico, ni a mis padres. Desconfía de todos. Piensa algo, Dante.

—No puedo —reconoció él—. No puedo pensar en nada. Veo a mi padre así y... y...

—Te entiendo. Pero no sé qué vamos a hacer entonces.

—Tiene que haber alguien que pueda ayudarnos.

Lorena se quedó pensando en las últimas palabras de Dante y comenzó a repetirlas mentalmente: «Tiene que haber alguien que pueda ayudarnos. Tiene que haber alguien que pueda ayudarnos. Tiene que haber alguien que pueda ayudarnos...»

Al mismo tiempo observaba el patético cuadro que formaban padre e hijo. Dante acercaba su mano hacia el cuerpo de su padre, pero se detenía a escasos centímetros de él, pues sin duda pensaba que podría hacerle daño. Benjamín Rocaseca perdía poco a poco su aspecto de ser humano y más semejaba una especie de piltrafa, como si todo el cuerpo se le desmadejase por la desesperación; no dejaba de llorar, a veces lo hacía en silencio, pero otras lanzaba unos suspiros capaces de abrir las carnes de los corazones más pétreos.

—¡Demetrio! —gritó de pronto Lorena—. ¡Demetrio nos ayudará!

Dante volvió la cabeza hacia ella y preguntó con avidez:

—¿Quién es Demetrio?

—Un zapatero remendón.

—¿Un zapatero remendón podrá ayudarnos?

—Tenemos que ir a verlo. Tu padre estaba en su zapatería, de eso estoy segura. Fui a recoger unos zapatos y él apareció en la caja. Tenemos que preguntar a Demetrio.

—¿Crees que ese zapatero metió a mi padre en la caja?

—Sólo sé que recogí la caja de su taller y al rato me senté en un banco a leer un libro sin pastas al que le faltaban las primeras hojas, un libro que precisamente me prestó Demetrio. Fue entonces cuando escuché un ruido en el interior de la caja. Pensé que se trataba de un ratón, o de algún bicho, por eso quité la tapa con cuidado. Y entonces...

—Apareció mi padre.

—Sí.

Lorena y Dante, a la vez, como si hubieran tenido el mismo pensamiento, volvieron la mirada hacia Benjamín Rocaseca, que ahora se había sentado y permanecía aparentemente ajeno a todo, sumido en sus propias angustias. Pero de pronto, el escritor alzó la cabeza y se quedó mirando fijamente a su hijo. Forzando la voz, para que pudieran oírlo con claridad, dijo:

—Sé lo que vais a preguntarme, pero no puedo responder. Sólo recuerdo que estaba en la calle y me sentía muy inseguro. Sabía que mi vida corría serio peligro: algún objeto podía golpearme, un perro suelto podía devorarme, un transeúnte podía pisarme... Y si era descubierto, todo sería peor, muchísimo peor. Caminaba por una calle, pegado a las fachadas de los edificios, cuando vi una puerta abierta. Entré y busqué un lugar donde descansar. No recuerdo más. Estaba exhausto. Creo que el agotamiento hizo que me quedase dormido enseguida.

Dante frunció el ceño, arrugando la frente de forma exagerada. Era su forma de expresar que aquella situación era muy difícil de asimilar. No obstante, quiso darse ánimos y, sobre todo, dárselos a su padre.

—Descubriremos lo que te está pasando, tranquilízate.

Pero Benjamín negó reiteradamente con la cabeza, como si quisiera contradecir las buenas intenciones de su hijo.

—Creo que todo está perdido. No se puede luchar contra algo que se desconoce. Me rindo, hijo mío. Ahora sólo quiero pedirte perdón por haberme olvidado de ti.

Dante, conmovido por las palabras de su padre, no pudo contener la emoción y, tras un intenso ahogo, sintió cómo un borbotón de lágrimas anegaba sus ojos.

—Te salvaremos, papá —habló a trompicones—. Lorena y yo te salvaremos. No te rindas.

—Me basta con tenerte cerca en mis últimos momentos de vida.

Desesperado, tratando de encontrar una tabla de salvación, Dante se volvió a Lorena y, con una mirada suplicante y desconcertada, le preguntó:

—¿Qué hacemos?

Lorena sintió que el peso de la responsabilidad caía directamente sobre ella. Le pareció injusto, pero sabía que ponerse a discutir en ese momento no tenía sentido. Tendría que aceptar esa carga. Al fin y al cabo, ella misma había provocado la situación cuando decidió buscar a Dante.

—Vamos a ver a Demetrio —insistió.

—¿Llevamos a mi padre? —preguntó Dante, sin volver a cuestionarse la conveniencia o no de aquella visita.

—Sí.

Para trasladarlo, utilizaron la misma caja de zapatos en que la muchacha lo había encontrado. Para que fuera más cómodo y no se golpease contra los laterales debido al movimiento, metieron un jersey de lana, que colocaron bien, dejando un hueco en la zona central. Acomodaron al escritor allí y pusieron la tapa, a la que hicieron varios agujeros para que el interior estuviera bien ventilado.

—Lo llevaré yo —dijo Dante.

Y con resolución, procurando mantenerla en todo momento en la misma postura, levantó la caja de zapatos con sus dos manos. Ni en los sueños más extraños y peregrinos había vivido con anterioridad una situación semejante.

LA TRASTIENDA

La puerta del taller chirrió como de costumbre, pero el zapatero no se inmutó. Toda su atención se concentraba en unos zapatos de color negro muy brillantes, quizá de charol, a los que acababa de pegar unas medias suelas. Con un estilete muy afilado, rebañaba el sobrante del pegamento para que las suelas se acoplasen a la perfección.

Lorena y Dante se acercaron hasta el mostrador y con mucho cuidado colocaron sobre él la caja de cartón. Sólo, entonces, Demetrio levantó un poco la cabeza.

—Te dije que, si a tu padre le seguían apretando, tendría que comprarse unos nuevos —dijo a modo de saludo.

—No hemos venido por eso —explicó Lorena.

Demetrio giró levemente la cabeza y echó un vistazo a la caja de cartón. Al ver los agujeros en la tapa, sonrió.

—¡Ah, ya entiendo! Queréis enseñarme vuestros gusanos de seda.

—No —volvió a decir Lorena con contundencia.

Ella quitó la tapa agujereada y el interior de la caja quedó al descubierto. Benjamín Rocaseca se incorporó y a duras penas consiguió ponerse de pie entre los pliegues del jersey de lana.

Los grandes ojos de Demetrio se abrieron exageradamente y la expresión de su cara cambió con brusquedad. Sin dejar de mirar la caja de cartón, se levantó despacio de la silla.

—¿Qué es eso? —preguntó vivamente impresionado.

—Es mi padre —dijo Dante, al que sin duda le molestó un poco que el zapatero se refiriese a él de aquella forma.

—Te aseguro que no es un muñeco mecánico —añadió Lorena—. Es un ser humano y se llama Benjamín Rocaseca. Quizá su nombre te suene, es un escritor muy conocido.

Demetrio se frotó los ojos con tanta fuerza que parecía que los quisiera enterrar en su rostro.

—¡No puedo creerlo!

—Él salió de aquí.

—¿Qué quieres decir?

—Que estaba en la caja de los zapatos cuando me la diste.

Demetrio no hacía más que negar una y otra vez con la cabeza, mientras se atusaba sus escasos cabellos.

—Hace unos meses era un hombre normal y corriente, pero de pronto comenzó a menguar misteriosamente. Si no hacemos algo, desaparecerá.

A continuación, Lorena contó a Demetrio con todo detalle lo que sabía del escritor y del extraño proceso que estaba viviendo. También le contó los pasos que había dado hasta llegar a su viejo taller.

El zapatero remendón escuchaba atentamente mientras que su mirada, como una ardilla, saltaba de los muchachos a la caja de cartón, y, de nuevo, de la caja de cartón a los muchachos. Y entre esos saltos, sus ojos se iban volviendo enigmáticos y profundos, como si al mismo tiempo estuvieran recorriendo un espacio oculto y secreto, que sólo a él le pertenecía.

—Así fue —confirmó Benjamín Rocaseca cuando Lorena termino de hablar, alzando la voz cuanto pudo—. Tenía miedo, mucho miedo. No os podéis imaginar lo que significa vivir así, encogiendo constantemente. Todo a tu alrededor se convierte en una amenaza.

—¡Esto supera todo lo que estaba pasando últimamente! —exclamó de pronto Demetrio.

—¿Qué quieres decir? —preguntó enseguida Lorena.

—¡Supera incluso todo lo imaginable!

—Pero... ¿qué está pasando últimamente? —insistió Lorena—. No entiendo nada.

—Para explicarlo, tendría que enseñaros mi trastienda.

De no haber sido por la angustia que estaba viviendo a causa del proceso menguante de Benjamín Rocaseca, a Lorena el corazón le habría dado un vuelco de alegría. ¡Con las ganas que tenía de conocer aquella trastienda! Sin embargo, en ese momento no le pareció la mejor de las ideas. ¿Qué podía importar la trastienda del taller de un zapatero remendón? Además, podían perder un tiempo muy valioso. Sólo el halo de misterio que se entrelazaba en las palabras de Demetrio no le hizo rechazar de plano su propuesta.

Arrastrando su pierna tiesa, el zapatero se dirigió en primer lugar a la puerta de entrada, la que daba a la calle, y la cerró por dentro, echando un grueso pestillo. A continuación, caminó hasta la portezuela de la trastienda y la abrió de par en par. Con un gesto los invitó a entrar. Y sólo cuando los tres estuvieron dentro —los cuatro contando a Benjamín Rocaseca— encendió la luz.

De pronto, se encontraron en una especie de garaje o de nave grande, de forma rectangular. No tenía ventanas. Sólo una claraboya en el techo, llena de suciedad, filtraba una luz turbia, que se sumaba a la de la bombilla amarillenta.

Las dos paredes laterales, las más largas, estaban recubiertas por estanterías desde el suelo hasta el techo.

La de un lado estaba llena de libros. Había tal cantidad que ni siquiera cabían ordenadamente. En casi todos los estantes se apretaban dos hileras y, sobre ellas, ocupando el espacio vacío, otros libros habían sido colocados en posición horizontal, de manera que no quedaba a la vista ningún hueco disponible.

La del otro lado estaba llena de piezas mecánicas. Extrañas piezas con las formas más variadas, de distintos tamaños, por lo general ennegrecidas y embadurnadas de grasa o de aceite. Había tantas que tampoco quedaba un espacio libre. En el centro de la nave, ocupando gran parte de la misma, había un objeto de gran tamaño tapado por una lona. Por la forma, daba la sensación de que se trataba de un automóvil.

El conjunto producía un efecto muy extraño, que no era precisamente de desorden ni de abandono. Se notaba claramente que había alguien detrás de esos libros y de aquellas piezas: unas manos, una mirada, una mente...

Demetrio se había colocado junto a la pared de los libros y mantenía los brazos abiertos, como si quisiera abarcarlos todos a la vez. Contemplaba los estantes abarrotados y su mirada parecía perderse entre los lomos abigarrados.

—Hace tiempo, mucho antes de que vosotros hubierais nacido, yo era muy pobre —comenzó a decir—. Ni siquiera tenía una casa donde vivir. Comía lo que encontraba o lo que me daba algún alma caritativa. Dormía bajo los arcos de los puentes o en solares abandonados. Con hierros viejos me había construido una estufa para calentarme durante el invierno y buscaba en la basura madera, cartones, papeles o cualquier cosa que pudiera arder. A veces encontraba libros. Cuando esto ocurría me ponía muy contento, pues los libros tardaban tiempo en quemarse y me daban más calor. Pero un día, mientras avivaba las llamas, se me ocurrió abrir uno de los que tenía preparados para arder. Apenas sabía leer, pero con mucho esfuerzo comencé a descifrar lo que estaba escrito en la primera página de aquel libro. Y cuando terminé, reflexioné un instante sobre lo que allí ponía y sentí una enorme curiosidad por descubrir lo que pondría en el resto. No sé el tiempo que tardé en leer ese libro, pero cuando llegué al final decidí no quemarlo. Desde entonces, y hasta hoy, recojo todos los libros que los demás tiran. Ninguno ha vuelto a ser destinado a las llamas de la estufa. Después de leerlos, los guardo celosamente. Los tenéis ante vuestros ojos. Cada uno de estos libros contiene una doble historia: la que encierran sus páginas y la peripecia que han tenido que pasar hasta llegar aquí.

El zapatero interrumpió su relato y quedó unos instantes pensativo. Una pregunta de Dante le sacó de su letargo.

—¿Los has leído todos?

—Creo que sí —respondió Demetrio esbozando una sonrisa—. Pero quizá se me haya despistado alguno.

La cara de Dante se llenó de asombro, pues a él le parecía sencillamente imposible que una persona pudiera dedicar en la vida el tiempo suficiente para leer tantos libros.

Benjamín, al contrario que su hijo, estaba emocionado con el relato del zapatero. Su historia le parecía digna de cualquier novela, y su afición por los libros y la lectura era un regalo inapreciable para cualquier escritor. Iba a decírselo, pero su voz, como el resto de su cuerpo, había ido menguando también y para hacerse oír tenía que dar tales gritos que acababa exhausto. Sólo por eso se contuvo.

Lorena también había sido subyugada por el relato de Demetrio, pero enseguida volvió a recordar que el viejo zapatero debía contarles algo más. De hecho, la trastienda sólo era el preámbulo de otra cosa. Por eso, no pudo contenerse mucho tiempo sin preguntar:

—¿Nos contarás lo que estaba pasando últimamente?

—Sí —respondió Demetrio—. Aunque lo que os diga no va a arreglar las cosas. Al contrario, tal vez las complique más de lo que están.

—No nos hagas esperar más.

La impaciencia de Lorena llegaba al límite.

—La primera vez fueron voces —comenzó de nuevo a hablar Demetrio—. Estaba trabajando en el taller y las oí claramente. Al principio, pensé que provenían de la calle, pero enseguida me di cuenta de que salían de aquí.

Y Demetrio, como si quisiera apoyar sus palabras con un gesto contundente, señaló con los dos índices de sus manos hacia el suelo.

—¿De la trastienda? —preguntó Lorena.

—Sí. Eran muchas voces que se mezclaban formando un verdadero barullo. Me levanté de la silla y abrí la puerta, pero justo en ese momento cesaron de oírse.

—¿Y ha ocurrido más veces? —preguntó está vez Dante, mirando a un lado y a otro.

—Muchas más. En otras ocasiones oía pisadas, carreras, galopadas de caballos, automóviles en marcha, aviones en vuelo rasante, el fragor de una tempestad en alta mar...

Pero cada vez que abría la puerta de la trastienda cesaban todos los ruidos. Un día, sin embargo, descubrí una sombra. Y al día siguiente, varias. Y al tercer día, muchas más. Las sombras no eran sombras normales, eran como cuerpos inmateriales, como presencias reales... No sé si entendéis lo que quiero deciros.

—Sí —afirmaron a la vez Lorena y Dante, cautivados por aquel relato que parecía el preámbulo de una película de terror.

—Luego, comenzaron los olores: a comida, a perfumes exóticos, a humo y fuego, a sudor, a estiércol... Todos los olores que podáis imaginar. Pensé que me estaba volviendo loco, pero ahora sé que no. Ahora sé que mis sospechas eran ciertas.

—¿Qué sospechas? —preguntó Lorena con la boca abierta.

—Las voces, los ruidos, las presencias, los olores... Todo salía de los libros.

—¡Eso es imposible! —replicó enseguida la muchacha.

—Es lo que pensaba yo hasta hace un momento, justo hasta el instante en que habéis abierto la caja de zapatos y ha aparecido ese hombrecillo. Lo que he visto me ha hecho comprender que no era imposible lo que estaba ocurriendo aquí. Me habéis traído la prueba.

Lorena iba a seguir replicándole, pero cayó en la cuenta de que carecía de argumentos. ¿Cómo explicar que era imposible que los personajes de los libros salieran de ellos cuando a dos pasos tenía a un hombre que llevaba meses menguando y que cabía en una caja de zapatos?

—¿Qué podemos hacer? —se preguntó en voz alta.

Dante se quedó mirándola fijamente, como si esperase una respuesta a la pregunta. Luego, los dos muchachos volvieron sus cabezas hacia el zapatero remendón. Él negaba una y otra vez con la cabeza.

—¡No! ¡No puedo creerlo, no puedo creerlo, no puedo creerlo! —repetía.

Entonces, sin darse cuenta, sin pensar siquiera en lo que decía, Lorena pronunció unas palabras:

—Tendríamos que buscar al Morador del Oráculo del Desierto Impenetrable.

—¿Qué has dicho? —preguntó Demetrio, como si no hubiera oído. Su expresión cambió al instante.

—Tendríamos que buscar al Morador del Oráculo del Desierto Impenetrable —repitió ella.

—¡Tienes razón! —gritó el zapatero, fuera de sí.

—¿A qué te refieres? —preguntó Lorena sorprendida.

—¡Tenemos que encontrar al Morador del Desierto Impenetrable!

Decepcionada, Lorena negó con la cabeza. Recordó entonces que su padre le había advertido que Demetrio estaba un poco chiflado.

—Recordé casualmente el libro y... lo he dicho por decir —explicó.

—¡Nada es casual! —la interrumpió Demetrio.

—Es un libro lleno de fantasía donde ocurren cosas extraordinarias e increíbles —trató de explicarle Lorena—. ¿Lo entiendes?

Demetrio se limitó a ampliar su sonrisa y Lorena descubrió una vez más lo absurdo que resultaba referirse a fantásticas historias de ficción cuando ellos mismo, sin proponérselo, estaban viviendo una.

—Yo leí ese libro hace muchos años. Recuerdo que había tres protagonistas: una chica, un chico y un hombre tullido. ¿Os dais cuenta? ¡Se trata de nosotros!

—Te recuerdo que buscaban al Morador del Desierto Impenetrable para que les revelase el enigma del peine de las treinta y nueve púas y media —añadió Lorena—. Ya me dirás qué tiene que ver eso con nosotros.

—¡Eso son pamplinas! —dijo Demetrio con vehemencia—. Pamplinas que a nosotros ni nos van ni nos vienen. Lo importante es encontrar al Morador del Desierto Impenetrable. ¡Y yo sé dónde está ese desierto!

—Es imposible —replicó Lorena.

—¡Te digo que sé dónde se encuentra!

—Es un desierto imaginario, se lo ha inventado el autor, como el resto de la historia. No es real.

—Realidad... Fantasía... ¡Pamplinas! Debemos seguir la pista que nos da el libro. Nosotros somos los protagonistas de la historia y debemos encontrar al Morador del Desierto Impenetrable. No para descifrar esa sandez del peine de las treinta y nueve púas y media, sino para descubrir cómo Benjamín Rocaseca puede recuperar su tamaño.

Agobiada por la vehemencia de Demetrio, Lorena intentó razonar unos segundos. Lo que proponía el zapatero le sonaba a algo ya conocido. Él hablaba de *meterse* dentro de un libro, de convertirse como por arte de magia en personajes de ficción: cruzar la barrera entre realidad y fantasía por medio de las páginas de un libro. Pero eso, además de un disparate, era algo que le resultaba familiar. ¿Dónde había leído ella algo parecido? Hizo memoria y no le costó trabajo recordarlo.

—*La historia interminable* —dijo—. Nos estás hablando de un libro que se llama *La historia interminable*.

—Yo he visto la película —intervino Dante, al que las emociones y el asombro ante lo que estaba viviendo le mantenía casi todo el tiempo con la boca abierta, incapaz de decir nada.

Demetrio amplió aún más su sonrisa, arrugó su frente y se atusó los escasos cabellos. Luego dio una vuelta alrededor de la habitación. Caminaba despacio, con su pierna renqueante. Movía los labios como si estuviera hablando solo, al tiempo que accionaba las manos, como si diera forma a un objeto invisible. El paseo parecía servirle para poner un poco en orden los pensamientos que se agolpaban en su cerebro.

—Hay libros fantásticos —trató de razonar— Se nota desde las primeras páginas, incluso desde los primeros renglones. Esos libros crean mundos y personajes fantásticos. Pero también hay libros que se inspiran en la realidad, que describen cosas reales.

—Eso lo sabe cualquiera —replicó Lorena molesta, pues pensó que el zapatero la estaba tomando por tonta.

—Ese libro sin título y sin autor que tienes entre tus manos habla de un desierto real, estoy seguro.

—¿Y también te parece real la historia del peine de las treinta y nueve púas y media?

—¡No! Eso es sólo un pretexto para guiarnos.

—¿Qué quieres decir?

—El autor de ese libro quiere guiarnos hasta el Morador del Oráculo y se ha valido de esa historia.

—¿Quieres decirnos que el libro ha sido escrito sólo con el propósito de guiarnos a nosotros hasta el Morador del Oráculo?

—Podría ser.

—¡Imposible! —sentenció Lorena.

Demetrio volvió a inclinarse ligeramente y acercó su cara hacia la de la muchacha. El brillo de sus ojos aumentaba sin cesar y su sonrisa era cada vez más enigmática. Comenzó a hablar de manera muy pausada:

—Si hace unos días te hubiera preguntado si era posible que un ser humano normal y corriente comenzara a menguar hasta llegar a ser del tamaño de un palmo... ¿qué habrías respondido? ¡Imposible! Eso es lo que habrías respondido. Pero ahora... ¿serías capaz de decirlo?

Pensó Lorena que Demetrio era un hombre que sabía jugar sus bazas a la perfección. La había embaucado por completo y la había dejado sin respuesta. Pero la mente de la muchacha se negaba a darse por vencida y a dejarse arrastrar por ese torrente desbocado de fantasía que parecía llevar al zapatero. Por eso, planteó una cuestión que no le parecía intrascendente:

—Según el libro, el Desierto Impenetrable es uno de los lugares más peligrosos que existen.

—Lo sé —replicó Demetrio como si tal cosa.

—Y el Oráculo donde habita el Morador se encuentra en el sitio más inaccesible. Sólo un súper héroe conseguiría llegar hasta allí, y ni siquiera es seguro que lo lograra.

Demetrio se encogió de hombros.

Se produjo un larguísimo silencio. Lorena miró a Demetrio, que parecía entusiasmarse por momentos con la idea de ir a ese desierto. Miró a Dante, al que se le había puesto cara de alelado; parecía no tener tiempo para asimilar las emociones que estaba viviendo. Miró a Benjamín Rocaseca, que había tenido que sentarse sobre el jersey de lana, pues las fuerzas comenzaban a escapársele a marchas forzadas. Luego, observó aquellas estanterías abarrotadas de libros y se imaginó a Demetrio leyéndolos todos y volviéndose loco, como un don Quijote de nuestro tiempo.

—¡No hay tiempo que perder! —gritó Demetrio—. Sólo hay un camino: ir cuanto antes al Desierto Impenetrable.

—A mí me parece una buena idea —dijo de pronto Dante.

Lorena los miró a ambos. La locura de Demetrio parecía ser contagiosa. Ahora comprendía ese dicho popular que asegura que un loco hace cientos.

—Conozco el camino hasta llegar al desierto —continuó el zapatero, animado por la complicidad de Dante—. Una vez allí tendremos que ingeniárnoslas como podamos.

—Lo conseguiremos —añadió el muchacho.

—¡Bajad de las nubes! —les increpó Lorena.

—No quiero que mi padre desparezca —se justificó Dante.

—¿Y crees que ésa es la solución? —preguntó Lorena.

—Si no hacemos algo todo está perdido. Yo quiero ir a ese desierto y buscar al Morador. No me importan las dificultades ni los peligros.

—¡Así se habla, muchacho! —le jaleó el zapatero—. Tu padre estará orgulloso de ti.

Lorena resopló con fuerza. Estaba convencida de que le iba a resultar imposible hacer que Demetrio y Dante entraran en razones. A Dante le comprendía, pues se trataba de la vida de su padre; pero al zapatero remendón... De pronto, pensó en un nuevo y serio inconveniente.

—¿Y cómo iremos hasta el Desierto Impenetrable? —preguntó con una pizca de ironía.

Parecía que Demetrio estuviera esperando esta pregunta, pues sonrió y sus ojos adquirieron un brillo sorprendente. Caminó hacia la pared opuesta, en la que estaba la estantería repleta de piezas mecánicas. Con un poco de solemnidad dijo:

—Mi profesión es la de zapatero. Mi pasión son los libros. Y mi afición es la mecánica y los automóviles. Todas estas piezas las he recogido personalmente de coches abandonados en la calle, de los desguaces, de las chatarrerías... Ahora veréis cómo iremos hasta el Desierto Impenetrable.

Y sin decir nada más, agarró con ambas manos la lona que cubría aquel objeto enorme situado en el centro de la nave. Tiró de ella con todas sus fuerzas y dejó al descubierto un coche grande que parecía muy antiguo, una mezcla muy rara entre todo terreno y pequeña furgoneta de reparto. Lo primero que llamaba la atención eran sus colores: blanco y negro, formando una llamativa combinación. El techo, el capó y el maletero eran blancos; el resto, negro. Pero luego había pequeñas incursiones del blanco en el negro y del negro en el blanco. El conjunto resultaba pintoresco.

—¿Qué es esto? —preguntó Lorena.

—Mi coche.

—¡Qué coche tan raro! —exclamó Dante—. ¿De qué marca es?

—No tiene marca.

—Todos los coches la tienen.

—Éste lo he construido yo mismo recogiendo piezas por ahí. Es una mezcla de muchos coches.

—¡Eres increíble! —exclamó Lorena sorprendida.

Demetrio abrió las puertas del coche e hizo un nuevo gesto para que entraran. Lorena volvió a rebelarse contra lo que le parecía un disparate.

—Ha llegado el momento de volver a poner los pies en el suelo —dijo.

—No volvamos a distraernos con discusiones inútiles —replicó el zapatero—. La vida de un hombre está en juego y no disponemos de mucho tiempo.

Dante, sujetando con firmeza la caja de cartón, entró resuelto en el vehículo.

—Yo iré —dijo, y como si se hubiese convertido en un héroe legendario, añadió—: No me importará enfrentarme a cualquier peligro. Quiero salvar a mi padre. Quiero demostrarle que yo también soy importante, que lo necesito, que lo quiero...

Las cosas se complicaban enormemente para Lorena. A la aparente locura de Demetrio se sumaba ahora un problema psicológico en toda regla: el de un hijo con respecto a su padre.

Dante se acomodó en el asiento de atrás, tomando precauciones para colocar a su lado la caja de zapatos donde estaba su padre, semioculto por los pliegues del jersey.

Demetrio se instaló en el asiento delantero, el del conductor. Colocó correctamente el espejo retrovisor y se cercioró de que la marcha se encontraba en punto muerto. Luego introdujo la llave de contacto y dio medio giro a la derecha. El motor se puso en marcha al instante.

—¿Vienes con nosotros? —preguntó Demetrio a Lorena, asomando la cabeza por la ventanilla.

Lorena estaba echa un lío. Pero no lo estaba en ese preciso instante. Estaba echa un lío desde que Benjamín Rocaseca apareció en la caja de zapatos de su padre. Desde ese momento, su vida había dado un vuelco tan grande que ni siquiera ella misma podía reconocerla.

Demetrio accionó un mando a distancia y comenzó a abrirse un portón que había en la pared del fondo y que comunicaba con el exterior.

Lorena sabía que tenía que tomar una determinación inmediatamente, pues estaba segura de que Demetrio saldría de aquel lugar en cuando la puerta se lo permitiese. Tenía que decidirse. Y eso era lo que más rabia le daba. ¿Por qué no podían pensar un poco las cosas?

—No hay tiempo que perder —dijo Demetrio a modo de ultimátum—. ¿Vienes con nosotros?

La puerta del garaje ya se había abierto por completo. Demetrio metió la primera marcha y aceleró un poco. El motor rugió suavemente y el coche comenzó a deslizarse hacia el exterior. Lorena intuyó que, una vez que se fueran de allí, la puerta se cerraría sola, por eso decidió salir también a la calle. No era cuestión de quedarse encerrada. Por eso, acompañó al coche en su salida hacia un callejón situado en la parte de atrás del edificio y cuya única función parecía consistir en dar acceso al garaje de Demetrio.

Para salir, el coche tuvo que hacer varias maniobras, pues con un solo giro era imposible enfilar el callejón. Esta circunstancia dio un pequeño respiro a Lorena, lo justo para tomar la decisión de quedarse y no apoyar aquel disparate sin sentido. Pero no podía dejar de pensar que, aunque ella no tenía la culpa de lo que estaba sucediendo, había provocado aquella situación. Por eso, se sentía un poco culpable viéndolos partir. Los había embaucado en aquella aventura y ahora los abandonaba. Y cuando al fin el coche salió por completo del garaje y enfiló el callejón, Lorena, obedeciendo a un impulso incontrolable, se lanzó sobre él y abrió la puerta del lado del acompañante del conductor. De un salto se metió en el interior y volvió a cerrar.

—¡Voy con vosotros! —gritó, y luego procuró dejar la mente en blanco para no pensar en nada, pues estaba segura de que si lo hacía sería peor, mucho peor.

—Lo sabía —se limitó a comentar Demetrio en voz baja—. Una chica, un chico y un tullido son los protagonistas de ese libro sin pastas.

Por el callejón, el coche alcanzó la calle donde estaba situada la entrada del taller, allí giró a la derecha y continuó hasta llegar a una avenida con un bulevar ajardinado en el centro. Tras recorrerla, llegaron a una plaza enorme con una fuente en el medio. De allí partían varias carreteras. Una de ellas les llevó a la autovía de circunvalación de la ciudad, por la que accedieron a una autopista. Demetrio parecía conocer muy bien el camino.

Nada más tomar la autopista notaron cómo Demetrio pisaba el pedal del acelerador y el coche se lanzaba a gran velocidad. El zapatero parecía tan diestro con el volante como con las medias suelas. Su vista no se apartaba de la carretera.

—¡Qué pasada de coche! —exclamó Dante.

—Funciona como un reloj suizo —se limitó a decir Demetrio—. Yo me ocupo de mantenerlo siempre a punto.

—¿Cuánto tiempo tardaremos en llegar?

Lorena formuló esta pregunta y al instante se sorprendió de haberla hecho, pues era como reconocer que Demetrio tenía razón. ¿Llegar, adónde? Estaba segura de que no iban a ninguna parte y que cuando Demetrio cayese en la cuenta, daría media vuelta a su estrafalario coche y regresarían a casa.

—Es un viaje largo, así que podéis dormir un rato —respondió el zapatero—. Será mejor que estéis descansados cuando lleguemos al Desierto Impenetrable.

Lorena se limitó a negar con la cabeza. Estaba claro que era imposible seguir hablando. Lo que no iba a hacer de ninguna manera era echarse a dormir. Estaría todo el tiempo con los ojos bien abiertos, no fuera a ser que el viejo zapatero remendón cometiera una locura más grande.

SEGUNDA PARTE

LA SILUETA DEL DESIERTO

Lorena se despertó con la sensación de que había dormido mucho tiempo y de que el sueño había sido largo, profundo y placentero, de ésos tan reconfortantes que sólo ocurren de vez en cuando. Se sorprendió al encontrarse en el asiento mullido de un coche que circulaba por una carretera sin tráfico y tuvo que hacer un esfuerzo para recordar qué pintaba ella en aquel lugar.

Volvió la cabeza hacia el conductor y descubrió el perfil del zapatero remendón de su barrio, que parecía muy atento al volante y a las sinuosidades de la carretera, pues no le quitaba la vista de encima ni un momento. Miró después por la ventanilla y sintió que le cegaba un sol que empezaba a asomar entre las cumbres de unas montañas peladas, áridas, donde se daba cita toda la gama del color marrón, desde el más claro, casi amarillo, hasta el más oscuro, casi negro.

—Buenos días —saludó Demetrio, apuntando una leve sonrisa.

—¿Dónde estamos? —se limitó a preguntar Lorena.

—Camino del Desierto Impenetrable.

Sus ojos ya se habían acostumbrado a la fuerte luz y pudo contemplar con más detalle el paisaje que atravesaban. Desde luego, no era el que describía el libro sin pastas, pero se parecía un poco.

De pronto, la carretera ascendió de manera serpenteante y coronó una pequeña loma. Justo desde lo más alto el panorama era impresionante y Lorena se sobrecogió al verlo. No lejos de allí se divisaba un macizo montañoso: roca viva en su mayoría, teñida de rojo por un sol que empezaba a tomar posesión de aquel lugar. No se trataba de montañas de mucha altura, pero sus formas las hacían especiales. Erosionadas durante años, habían adquirido apariencias caprichosas y extrañas, que les daban un aspecto asombroso. Vistas en su conjunto resultaban de un atractivo sobrecogedor. Eran preciosas, pero al mismo tiempo resultaban inquietantes, daban un poco de miedo.

Lorena volvió la cabeza hacia el asiento trasero: Dante se había tumbado y dormía profundamente. Junto a su cabeza, sujetándola con sus brazos, estaba la caja de cartón. A ella la escena le pareció tan conmovedora como disparatada: el hijo protegiendo a su padre diminuto e indefenso, casi acunándolo.

Se incorporó un poco en el asiento para ver el interior de la caja. Allí continuaba Benjamín Rocaseca, el famoso escritor, el hombre de éxito, el arrollador, el egoísta, el excéntrico, convertido ahora en una piltrafa insignificante, pero una piltrafa que no les había hecho olvidar en ningún momento que se trataba de un ser humano, como los demás.

Aunque dedujo que habría seguido menguando, no pudo comprobarlo, pues su cuerpo permanecía tapado por un pliegue del jersey. Era evidente que, si querían salvarlo, tendrían que hallar una solución muy pronto.

—¿Tienes hambre? —preguntó de pronto Demetrio.

Lo pensó unos segundos antes de responder, lo suficiente para darse cuenta de que sí, tenía hambre, bastante hambre, y además tenía ganas de ir al aseo, muchas ganas.

—Cuando pasemos por algún pueblo pararemos un rato para estirar las piernas y desayunar como es debido. Debemos llegar con fuerzas al Desierto Impenetrable. Y si ya no quedan pueblos por aquí, pararé en una gasolinera o en uno de esos bares que hay en todas las carreteras.

La muchacha volvió a observar el paisaje y dudó que encontrasen algo. La silueta de aquel macizo montañoso cada vez estaba más cercana. Ya faltaba muy poco para llegar a lo que debía de ser su destino, y la sensación de estar adentrándose en un desierto impenetrable era más patente cada kilómetro que avanzaban.

De pronto, Lorena recordó a sus padres y no pudo reprimir un sobresalto. Estarían muy preocupados. Se habrían puesto nerviosísimos al comprobar su tardanza y empezarían a subirse por las paredes cuando viesen que no llegaba. Pensó que ya habrían avisado a la policía y andarían por el barrio desesperados, pegando una fotografía suya por todas partes, bajo la que podría leerse con letras muy grandes una palabra espeluznante: «DESAPARECIDA».

Aunque sabía que no había tomado la precaución de coger su teléfono móvil, se registró los bolsillos, por si acaso. Al contrario de la mayoría de sus amigos, no era una adicta a aquel aparato, y bien que lo lamentó en esos instantes.

Se volvió de pronto a Demetrio:

—Déjame tu móvil. Tengo que hablar con mis padres.

—¿Móvil? —pareció sorprenderse el zapatero—. ¿Te refieres a esos teléfonos que se llevan en el bolsillo?

—Pues claro.

—Esas cosas no están hechas para mí —dijo, mientras negaba con la cabeza.

Entonces pensó en Dante. Seguro que él sí llevaba. Se incorporó sobre el asiento y por encima del respaldo estiró sus brazos hasta alcanzarlo. Lo zarandeó.

—¡Eh! ¡Eh, Dante! ¡Despierta!

El muchacho abrió los ojos y volvió a cerrarlos, cegado por la claridad.

—¿Qué ocurre?

—Necesito que me dejes tu teléfono móvil.

Con movimientos lentos y torpes, Dante se incorporó, teniendo en todo momento mucho cuidado para no mover la caja de cartón donde se encontraba su padre.

—¿A quién vas a llamar?

—A mis padres. Tengo que tranquilizarlos. Tal vez piensen que me ha ocurrido algo malo, que me han secuestrado o algo así.

Dante se metió una mano en un bolsillo del pantalón y sacó su teléfono móvil, que de inmediato entregó a Lorena.

—Yo también tendría que llamar a mi madre —comentó.

Un vistazo rápido a la pantalla del aparato fue suficiente.

—¡Mierda! —exclamó Lorena.

—No es una mierda —replicó Dante—. Es de buena marca, tiene un montón de cosas, juegos incorporados, música, hace fotografías y...

—¡No hay cobertura!

Dante miró alternativamente por las ventanillas. Luego concentró su vista en el paisaje que se divisaba al frente. Las montañas rojizas, descarnadas, de formas caprichosas.

—¿Dónde estamos? —preguntó.

—Falta poco para llegar al Desierto Impenetrable —respondió Demetrio—. He dicho a Lorena que nos detendremos para desayunar.

Dante concentró la mirada en aquellas montañas rojizas que cada vez parecían más cercanas y, al instante, su rostro se iluminó por la emoción. Comprobaba que era cierto lo que el zapatero había sospechado: ese desierto no era fruto de la imaginación de un escritor, sino completamente real. Por consiguiente, también serían reales el Oráculo y el Morador. Ilusionado, comenzó a contárselo a su padre.

—No debes preocuparte, papá. No me separaré de ti. Te protegeré y te libraré de cualquier peligro. No temas, vamos por el buen camino. Pero ahora debes portarte bien y tener un poco de paciencia. Y no quiero que vuelvas a llorar. Ya verás cómo tu hijo lo soluciona todo.

Lorena escuchaba hablar a Dante y pensaba que era un muchacho con buenos sentimientos. Tenía motivos para reprochar a su padre muchas cosas y, sin embargo, su única preocupación era salvarlo a toda costa. Ella, al contrario, no lo veía nada claro. La confusión era total. Volvió a mirar el teléfono móvil, pero la cobertura seguía a cero. No le extrañó. En esa parte del mundo donde se encontraban no debía vivir nadie. ¿Para qué iban a necesitar teléfonos móviles?

Nada tenía sentido, ni lógica, ni justificación. Eso le hizo pensar que, por el mismo motivo, a lo mejor sus padres aún no la habían echado en falta. Tenía la sensación de que la vida, es decir, la vida normal y corriente, la que pasaba sin darse uno cuenta, se había detenido y de que ellos, de forma misteriosa, la habían abandonado para vivir otra distinta. Al momento, se reprochó pensar semejantes barbaridades.

—Me estoy meando —dijo de pronto Dante, alzando la voz para que Demetrio pudiese oírlo perfectamente.

Se convenció Lorena de que no estaban en otra vida. Las palabras de Dante eran la prueba. Además, ella también se estaba meando, pero no se había atrevido a decirlo con tanta contundencia. Seguían dentro de la vida normal y corriente, una vida con necesidades fisiológicas incluidas.

—Ha llegado el momento de estirar las piernas y de desayunar —dijo Demetrio—. Desde hace un buen rato me están rugiendo las tripas.

Accionó la palanca del intermitente de la derecha y aminoró considerablemente la velocidad. Entonces, Lorena y Dante, a la vez, descubrieron a lo lejos el perfil de un edificio de poca altura sobre el que había un cartel de grandes dimensiones. Cuando estuvieron más cerca pudieron leer lo que ponía en él: «PRODUCTOS DE LA TIERRA». Debajo, colgado con dos cadenillas, había otro cartel más pequeño; aunque estaba deteriorado, aún podían leerse tres palabras: «BAR EL MORADOR».

El coche abandonó el asfalto y se metió por un camino de tierra. Enseguida se levantó una enorme nube de polvo a su paso, un polvo denso, grisáceo y anaranjado. El camino desembocaba en una explanada también de tierra, justo delante del edificio, que de cerca resultaba mucho más pequeño de lo que les había parecido antes. Delante, había un viejo surtidor de gasolina, uno de esos surtidores que ya sólo se ven en las películas muy antiguas.

—Daremos de desayunar también al coche —rio Demetrio al verlo.

En cuanto el automóvil se detuvo por completo, Dante y Lorena salieron a toda prisa. Los dos tenían la misma urgencia. Se encaminaron derechos hacia el bar, pero se detuvieron un instante al ver aquel cartelón tan grande y tan sucio sobre tu tejado. Volvieron a leer lo que allí ponía.

—Productos de la tierra —leyó Dante.

—Bar el Morador —leyó Lorena.

Ese nombre no podía ser casual. ¡El Morador! Por disparatado que pareciese, todo les hacía pensar que estaban llegando al sitio que buscaban. El zapatero tenía razón. Existía ese lugar y estaba claro que el autor del libro sin pastas se había limitado a reflejarlo en su obra.

Tras este instante de reflexión, Lorena y Dante echaron a correr en dirección a los servicios de aquel bar.

PRODUCTOS DE LA TIERRA

El bar estaba completamente vacío y, además, daba la sensación de que llevaba así mucho tiempo. Lorena y Dante lo atravesaron mirando a todas partes, como si esperasen descubrir a alguien. Finalmente, vieron una puerta sobre la que había un cartel descolgado y roñoso, en el que aún se leía la palabra «Servicios». A pesar del plural, sólo había un cuartucho estrecho y con muy poca claridad, y en su interior un inodoro y un lavabo, que originariamente debieron de ser blancos, pero que en la actualidad no se sabía con exactitud de qué color eran. Los dos muchachos se miraron, interrogándose sobre quién tenía mayor necesidad. Finalmente, y antes los gestos de él, Lorena le cedió el privilegio de entrar en primer lugar.

Una vez aliviados de tan incómoda urgencia, los muchachos se dirigieron a la barra. Ocupaba prácticamente todo el espacio de uno de los laterales y sobre ella era perceptible una gruesa capa de polvo. Detrás, recubriendo toda la pared, había unas repisas de madera. Sobre una de ellas descansaban vasos y copas de distinto tamaño, colocados en hileras; las demás estaban vacías. También había una cafetera con telarañas y uno de esos aparatos que sirven para exprimir el zumo a las naranjas, aunque no había ni rastro de café ni de naranjas. La cámara frigorífica estaba apagada y sus puertas abiertas de par en par.

El conjunto tenía un aire de viejo, de antiguo, además de sucio y abandonado. Parecía como si nadie hubiese puesto los pies en aquel sitio en los últimos treinta años. Sólo había un indicio de que no estaba completamente abandonado: un televisor de gran tamaño que colgaba del techo, sujeto por un anclaje de metal. Estaba encendido y un rostro familiar de los informativos daba un repaso a las noticias de mayor actualidad en el mundo y anunciaba un *interesante* debate que tendría lugar en breves minutos. Lorena le prestó atención durante un momento, pues pensó que a lo mejor informaban de su desaparición y de la de Dante.

Se abrió la puerta del bar y entró Demetrio. Se limpiaba las manos con una pañuelo de papel.

—Lo que me fastidia de estos autoservicios es que luego las manos te huelen a gasolina —comentó entre dientes.

—Pero... ¿había gasolina en el surtidor? —preguntó extrañada Lorena.

—Sí, he llenado el depósito.

Ya había dos pruebas de que el local no estaba abandonado: el televisor encendido y el surtidor con gasolina.

Demetrio salió al servicio para asearse un poco y Dante se dirigió al coche a por la caja de cartón, pues no quería separarse de su padre. Lorena aprovechó ese momento para buscar un teléfono, ya que estaba convencida de que un lugar tan apartado de la civilización debería tener teléfono. Finalmente, lo encontró. Era uno de esos viejos aparatos de pared que en sus buenos tiempos funcionaba con monedas; pero era evidente que los buenos tiempos habían pasado y ya no lo hacía ni siquiera a golpes.

Cuando los tres volvieron a reunirse junto a la barra —los cuatro contando a Benjamín Rocaseca— se plantearon que iba a ser difícil desayunar allí y que lo mejor sería continuar camino.

Pero no habían terminado de tomar la decisión, cuando un chirrido muy agudo de bisagras oxidadas les anunció la presencia de alguien. Una portezuela de madera, situada justo al final de la barra, se abrió despacio y apareció una mujer entrada en años y en carnes, con los pelos muy revueltos, los párpados hinchados y la boca abierta como consecuencia del último bostezo.

—Acabo de levantarme de la cama —dijo a modo de saludo, aunque era innecesaria la aclaración.

—Buenos días —la saludó Demetrio—. Vamos de viaje hacia el Desierto Impenetrable y hemos pensado que podríamos desayunar aquí.

—¿Desayunar? —pareció extrañarse la mujer.

—Sí.

—¿Aquí?

—¿Esto no es un bar? —preguntó el zapatero.

—Lo es.

—Pues entonces si nos preparas unos zumos de fruta, unas tostadas con mantequilla y mermelada, bollos, galletas... Yo tomaré también café con leche y ellos...

—¡Alto! —le cortó de forma tajante la mujer.

—¿Qué ocurre?

Ella se limitó a extender sus brazos en dirección a las estanterías vacías, como dándoles a entender que no había nada de lo que solicitaban.

—Entonces... ¿qué podemos tomar?

La mujer se encogió de hombros.

—Lo único que puedo hacer es compartir con vosotros mi desayuno. Y si lo hago es porque no encontraréis nada en dirección al Desierto Impenetrable.

Aquella parecía una razón poderosa, por eso decidieron aceptar la invitación de aquella mujer. Se sentaron a una mesa y al cabo de unos minutos ella colocó sobre el tablero cuatro vasos grandes, media hogaza de pan y una botella de vino.

—Esto es todo —dijo.

Y sin más preámbulos llenó los cuatro vasos y partió cuatro trozos de pan. Ella cogió uno de ellos, comenzó a mojarlo en el vino y, cuando estuvo bien empapado, se lo comió.

—No creo que el vino sea lo más apropiado para unos jovencitos como... —empezó a decir Demetrio.

—Yo a su edad ya lo tomaba. Es un vino dulce y suave, tiene muy pocos grados. Como el pan es de hace tres semanas hay que mojarlo para que se ablande. Así está riquísimo.

Demetrio fue el primero que se animó. Cogió un trozo y también lo empapó en el vino. Luego le dio un gran bocado. Cuando lo tragó se relamió de gusto.

—Sí que está rico —comentó.

—Ya lo decía yo —añadió la mujer con la boca llena.

Lorena y Dante se miraron. No sabían qué hacer. Por un lado, les daba un poco de asco mojar un trozo de pan en vino; por otro, notaban sus estómagos vacíos suplicándoles algo de comida.

Cogieron finalmente el pan y decidieron comerlo seco, pero estaba tan duro que hasta sus dientes corrían peligro de partirse. Por eso, al final, acabaron mojándolo en aquel vino rojizo que desprendía un olor penetrante. Cuando notaron que el pan se había ablandado un poco, lo comieron y, aunque a ninguno de los dos les gustó el sabor que tenía, el hambre pudo más.

Aquel pan era tan consistente que no tardaron en sentir sus estómagos llenos. Además, el vino ingerido les produjo una euforia moderada y una mayor locuacidad, sobre todo a la mujer, que se había servido varios vasos bien llenos.

—¡Menudos productos típicos! —exclamó Dante con un poco de guasa, recordando lo que ponía en el cartelón de la entrada.

—¿Y qué creéis que puede producir este desierto, salvo piedras y culebras? —replicó la mujer.

—Entonces... ¿por qué puso ese cartel ahí fuera?

—¡Qué torpes sois! —La mujer hizo unos aspavientos con sus brazos—. ¡Marketing! ¡A eso se llama marketing! Si este negocio hubiese funcionado, como pensábamos mi difunto marido y yo misma, lo de los productos típicos hubiera sido lo de menos. Habríamos traído miel de la Alcarria, mantequilla de Bretaña, dátiles de las riberas del Nilo... Todo sirve. Los turistas no se enteran de nada. Ellos sólo quieren productos típicos, vayan donde vayan, y les importa un bledo su procedencia.

—Eso me hace pensar que pretendíais montar aquí un enclave turístico —intervino Demetrio.

—¿Para ver piedras y culebras? —preguntó Lorena.

—¿Y qué tienen de malo las piedras y las culebras? —La mujer respondió con otra pregunta—. ¡Bien bonitas que son! A mí me gustan tanto como un lago rodeado de bosques, como una montaña nevada, como las ruinas de una ciudad romana o como una catedral gótica. Además, aquí tenemos algo más.

La mujer había pronunciado las últimas palabras con un deliberado tono de misterio. Miró a sus tres acompañantes y sus labios carnosos se despegaron lo suficiente para dibujar una sonrisilla. Lorena cayó en la cuenta al momento y pensó que ese algo más al que se refería la mujer de manera intencionada y enigmática sólo podía ser una cosa, la misma que les había llevado a ellos hasta allí.

—¿Te refieres al Morador del Desierto Impenetrable? —preguntó.

—Tú lo has dicho —La mujer amplió generosamente su sonrisa, hasta dejar ver una dentadura desigual, escasa y amarillenta—. ¡El Morador del Desierto Impenetrable! Mi difunto marido y yo pensamos que ése sería el reclamo perfecto para atraer al turismo. Ocurre en todas partes. Hace falta un reclamo. ¿No habéis oído hablar del monstruo del lago Ness?

—Pero ese monstruo no existe —replicó enseguida Lorena, que recordaba un reportaje en televisión que demostraba, aportando pruebas, que no existía ninguna criatura así en el lago.

—Qué importa que exista o no, lo cierto es que todos los años viajan hasta el lago Ness miles y miles de turistas.

Lorena pensó que toda la historia del Desierto Impenetrable, del Oráculo, del Morador, estaba a punto de desmoronarse. Todo podía deberse a una simple operación de marketing, como decía aquella mujer, a un montaje para hacer negocio con los turistas. Tenía que resolver sus dudas, por eso su pregunta fue muy directa:

—¿Existe el Desierto Impenetrable?

—Lo tenéis delante de vosotros —respondió la mujer con seguridad—. Si continuáis avanzando, enseguida estaréis dentro de él.

Entonces Lorena se dio cuenta de que no había formulado correctamente la pregunta.

—¿Existe el Morador? —volvió a preguntar.

—¡Quién puede saberlo con seguridad! —La mujer se encogió de hombros y sonrió con picardía, como si quisiera darles a entender que se guardaba alguna carta en la manga. Luego añadió—: Mi difunto marido y yo habíamos llegado a pensar hasta en un parque temático.

—¿Y nunca llegaron los turistas? —Está vez fue Demetrio quien terció en la conversación.

—Sí, al principio llegaron a cientos —recordó la mujer—. ¡Qué tiempos! Los estantes que veis detrás del mostrador estaban llenos de bebidas y de productos típicos. Entonces, la cafetera, el frigorífico, la cocina, no dejaban de funcionar. Pero aquella situación duró muy poco.

—¿Por qué? —preguntó Dante, que había colocado la caja de cartón con su padre dentro sobre sus rodillas.

—Los turistas venían con la idea de internarse en el Desierto Impenetrable y llegar hasta el Oráculo para conocer al Morador. Ése era el reclamo. Pero cuando llegaban aquí, la mayoría desistía, impresionada por la aridez del desierto y satisfecha de la experiencia. Sin embargo, hubo algunos que lo intentaron, y ésos acabaron estropeándolo todo.

El relato había cautivado de igual forma a Lorena, Dante y Demetrio. Los tres la escuchaban embelesados.

—¿Por qué lo estropearon? —la apremió el zapatero.

—¡Quién les mandaría meterse allí! —renegó la mujer—. No regresó ninguno de los que se internó en el Desierto Impenetrable en busca del Oráculo donde habita el Morador. Eso fue lo que ocurrió.

La mujer, observada por sus tres contertulios con la boca abierta, alzó su vaso y apuró el vino que aún le quedaba, lleno de migajas de pan.

—¿Qué fue de ellos? —preguntó Lorena, sobrecogida.

—Simplemente no regresaron —La mujer se encogió de hombros—. Eso hundió nuestro negocio. Comenzaron a circular leyendas con historias truculentas y los turistas cogieron miedo. Los turistas son unos caguetas, en cuanto intuyen el más mínimo peligro salen corriendo. Caducaron los productos típicos y tuvimos que tirarlos a la basura. De las botellas, mi difunto marido y yo misma dimos buena cuenta. Ahora, ya veis lo que queda: un bar abandonado en medio de ninguna parte y una vieja chiflada.

Lorena, vivamente impresionada por aquella historia, no hacía más que darle vueltas y más vueltas dentro de su cabeza. Realmente era espeluznante lo que estaba contando aquella mujer con la mayor naturalidad del mundo. Hablaba de muchas personas que se habían internado en el desierto y que no habían regresado.

—¿No volvió a saberse nada más de ninguna persona? —preguntó.

—No. El Desierto Impenetrable se las tragó.

Lorena miró a Demetrio y a Dante. Los interrogó con la mirada. Quería saber si estaban tan impresionados y asustados como ella, porque aquella historia le había empezado a causar verdadero miedo. El rostro de Demetrio permanecía imperturbable, daba la sensación de que su cuerpo estaba allí, pero su mente se encontraba muy lejos, quizá en las profundidades del desierto, recorriendo valles angostos, explorando cuevas oscuras, rodeando masas rocosas ...

La cara de Dante, por el contrario, reflejaba tantas cosas a la vez que era imposible saber en qué estaba pensando. Era una mezcla de inquietud, expectación, nerviosismo, asombro, fascinación, miedo...

—Todo es verdad —dijo a Lorena en voz baja—. Si encontramos al Morador podremos salvar a mi padre.

Y, entonces, aquella mujer, a la que el exceso de vino le había soltado la lengua, dijo algo más, algo que sorprendió de nuevo a los tres y, en especial, a Lorena.

—Recuerdo que sólo una persona regresó. Sí, ahora me estoy acordando. Creo que se trataba de un escritor, al menos tomaba nota de todo. Él se internó en el desierto y al cabo de unos días regresó. Mi marido y yo hablamos un rato con él. Volvía exhausto y malherido. Si consiguió regresar fue porque en realidad no llegó hasta donde pretendía.

—¿Qué quieres decir? —La impaciencia crecía dentro de Lorena.

—No llegó hasta el Oráculo ni conoció al Morador. Se internó en el desierto y, cuando analizó el panorama, tuvo la suficiente sensatez para darse la vuelta a tiempo.

—¿Y dices que era escritor?

—Recuerdo que comentó, mientras reponía fuerzas en una de estas mesas, que escribiría un libro sobre el lugar.

—¡El libro sin pastas! —no pudo contenerse Lorena.

—¡Eh! —se sorprendió la mujer—. ¿Qué libro es ése?

—Uno que estoy leyendo —se limitó a responder Lorena, recordando que había dejado el libro en el asiento del coche.

Demetrio apoyó los antebrazos sobre la mesa e hizo un gesto a los demás para que se acercasen, como si quisiera revelarles algún secreto en voz baja y que nadie más pudiera oír. La situación resultaba un poco cómica, pues era evidente que no había ni un alma en aquel bar ni en los alrededores. No obstante, Lorena, Dante y la mujer lo imitaron y también apoyaron sus antebrazos sobre el tablero de la mesa. Luego acercaron sus cabezas, hasta casi tocarse.

Demetrio miró a la mujer, que apestaba a vino de lejos y a sudor de cerca, y le habló de una manera directa, revistiendo sus palabras de gran seriedad:

—Necesito saber una cosa —dijo a la mujer.

—¿El qué?

—Tú has pasado casi toda la vida aquí, en la frontera del Desierto Impenetrable. ¿Existe el Morador del Oráculo?

—Nadie puede asegurarlo.

—Eso ya lo has dicho, pero quiero saber tu opinión.

—Mi opinión es que... existe.

—¿Estás completamente segura?

—Me has hecho una pregunta y te he respondido, nada más —se limitó a decir la mujer.

Demetrio volvió a recuperar su postura habitual en la silla y los demás lo imitaron de inmediato. Se produjo un largo silencio, que al final rompió el zapatero.

—Nosotros queremos encontrar al Morador.

—Lo sabía —replicó la mujer—. De lo contrario, no estaríais aquí.

Dante, emocionado por lo que acababa de oír, quiso saber más cosas:

—¿Es verdad que el Morador puede resolver cualquier problema, por extraño que parezca?

—Cierto —respondió la mujer con firmeza.

—Pues no debemos esperar más tiempo.

Dante, sin soltar ni un momento la caja de cartón, se incorporó. Como los efectos del pan mojado en vino aún no se le habían pasado del todo, sintió que el bar entero comenzaba a moverse más de la cuenta. Abrió ligeramente las piernas para sentirse más seguro.

Todos imitaron a Dante y se levantaron también. La mujer se acercó al mostrador y prácticamente se lanzó sobre él, como si se tirase a una piscina; su cuerpo quedó en el aire, los brazos a un lado y las piernas al otro. Buscaba algo en unos cajones que había en la parte interior y cuando lo encontró volvió a incorporarse con agilidad. Se trataba de un mapa, un viejo mapa, arrugado y algo descolorido. Se lo entregó a Demetrio.

—Lo hizo mi difunto esposo para vendérselo a los turistas. En realidad, sólo os servirá para acercaros un poco más al Morador, porque, como veréis, el interior del Desierto Impenetrable está en blanco.

—Gracias, estoy seguro de que nos servirá de ayuda.

—Pensábamos hacer miles de copias de este mapa para vendérselas a los turistas, pero... Bueno, ya os he contado lo que ocurrió.

Demetrio echó un vistazo al mapa. Estaba hecho a mano. Se notaba que había sido dibujado a lápiz y posteriormente repasado a tinta, con un bolígrafo de color negro. No parecía un mapa muy detallado, pero al menos estaban dibujados los montes más altos y algunos caminos. Lo malo era que la parte central, donde debía de situarse el Oráculo, estaba en blanco. Pensó que les esperaba un largo y difícil camino y que, por eso mismo, no debían perder más tiempo. Además, la situación de Benjamín Rocaseca se estaba volviendo realmente angustiosa.

Demetrio sólo pagó la gasolina, pues la mujer se negó a cobrarles el desayuno.

—A los productos de la tierra invita la casa —dijo entre risas.

—Vámonos —añadió entonces Demetrio, y echó a andar hacia la puerta con la resolución que le permitía su pierna renqueante.

Lorena y Dante lo siguieron. La mujer caminó tras ellos hasta la puerta y allí se detuvo, dando a entender que no pensaba salir del bar. Pero en ese momento les hizo una última pregunta, que los desconcertó un poco.

—¿Lo que os lleva a buscar al Morador del Oráculo del Desierto Impenetrable se encuentra dentro de esa caja de cartón?

Después de titubear un rato, Dante respondió:

—Sí.

—¿Y que guardas con tanto celo dentro de esa caja, si puede saberse? —insistió la mujer.

Dante se acercó despacio a ella y se la mostró. Tuvo que apartar un pliegue del jersey de lana para que pudiera verlo. Al sentirse liberado de aquella manta, Benjamín Rocaseca se sentó. Se notaba a las claras que cada vez le costaba más trabajo moverse, incluso realizar movimientos sencillos, como doblar las piernas o estirar los brazos.

—Es mi padre.

—¡Dios mío!

La mujer se llevó las manos a la cabeza.

—Mengua sin cesar. Si alguien no encuentra pronto una solución, desaparecerá.

LA ENCRUCIJADA

Se acomodaron en el coche y, cuando Demetrio giró la llave de contacto, instintivamente, contuvieron un momento la respiración. Aunque ninguno lo había expresado en voz alta, los tres habían decidido seguir adelante y, por consiguiente, emprender un camino completamente desconocido para el resto de los mortales, pues según todos los indicios nadie con anterioridad se había atrevido a hacer aquel viaje. Y los que se habían atrevido, no habían regresado jamás. Bastaba pensar un instante en su situación para que todo el vello del cuerpo se les erizase de pánico.

Lorena, por un lado, deseaba abandonar aquella especie de locura y regresar a su casa, a la ansiada normalidad. Pero, por otro lado, algo le impulsaba a seguir adelante. Algo le decía que tenía que acompañar a Demetrio, el sorprendente zapatero de su barrio, y a Dante, que aún no había sido capaz de salir de su asombro y que no se separaba ni un instante de la caja de zapatos donde estaba su menguante padre. Pensó durante un instante qué ocurriría si volviese a casa y contase a sus padres lo sucedido. ¿La creerían? Posiblemente, como de costumbre, ellos achacasen todo a la dichosa adolescencia. Ahora tenía la posibilidad de demostrarles que era capaz de tomar decisiones, de actuar por sí misma, de tener sentimientos... Ayudar a Benjamín Rocaseca era otra de las cosas que la empujaban a continuar adelante, ayudar a ese ser indefenso y descubrir el misterio que lo envolvía.

La carretera avanzaba en línea recta hacia aquel macizo rocoso de aspecto impresionante. Eran unas montañas que cambiaban de color según la incidencia de los rayos del sol. Estaban llenas de luces cegadoras y de sombras profundas, que formaban un contraste muy brusco.

Demetrio había vuelto a aferrarse al volante del automóvil y permanecía inalterable, firme, con la mirada perdida en esa carretera de asfalto cuarteado y descolorido. Lorena lo observó un instante y le pareció que su rostro, por mimetismo con aquel paisaje, también se estaba volviendo de piedra, de roca viva.

Dante hablaba con su padre, trataba de darle ánimo y, al mismo tiempo, desahogar su corazón tan afligido. Lorena dedujo que Benjamín le contestaba, pues había muchas pausas en las palabras del muchacho. Pero la voz del escritor era tan baja que, si no estabas muy cerca, era difícil entenderlo. A Lorena le fastidió un poco no poder enterarse del todo de aquella conversación, pues le pareció que padre e hijo se estaban diciendo cosas muy importantes.

—¿No tienes calor con este jersey encima? —decía Dante—. Sí, ya imagino que habrás perdido calorías... Te volveré a tapar... No me voy a separar de ti ni un instante... Yo te voy a cuidar... Te vas a sorprender, ya lo verás... Tú has sido un mal padre, pero yo no soy un mal hijo... Quiero que seas como antes, y no me importa que no vuelvas a hacerme ni caso... Estamos muy cerca del Desierto Impenetrable, creo que ya estamos dentro de él, lo que ocurre es que tenemos que encontrar al Morador del Oráculo, y ese tipo parece ser que vive en el centro del desierto... Sí, cuesta llegar, pero nosotros lo conseguiremos... A mí no me van a fallar las fuerzas ni el valor... Si Lorena y Demetrio se rajan, seguiré yo solo. Bueno, contigo... No te preocupes, papá. No llores. No me separaré de tu lado. Cuidaré de ti.

Lorena tuvo que hacer un esfuerzo para que no se le saltaran las lágrimas por la emoción. Le resultaba conmovedor oír hablar de aquel modo a Dante. Pensó decirle en algún momento que contase también con ella, pero no se atrevió a interrumpir aquel diálogo tan entrañable.

Quien sí interrumpió bruscamente la conversación fue el coche de Demetrio, o mejor dicho, la carretera que, de pronto, sin previo aviso, se convirtió en un camino estrecho, tortuoso y polvoriento. Al pasar del asfalto a la tierra el coche dio un bote muy grande.

—Ahora sí que hemos llegado al Desierto Impenetrable —comentó Demetrio—. Veremos cuánto tiempo podemos circular por este camino.

Aminoró la velocidad considerablemente, para no convertir el viaje en una especie de montaña rusa. El camino estaba salpicado de piedras de todos los tamaños, atravesado por surcos y lleno de agujeros de tamaño considerable. Conducir por allí era un ejercicio de paciencia y destreza, y Demetrio parecía disponer por el momento de esas dos cualidades.

A paso de tortuga recorrieron varios kilómetros, pues pensaron que el coche deberían dejarlo cuando no tuviesen más remedio. El camino se iba empinando y retorciendo. Las montañas descarnadas, rojizas, fantasmagóricas, los rodeaban con sus formas caprichosas. A veces, se internaban por un cañón tan estrecho que parecía que iba a cerrarse sobre sí mismo. Otras, ascendían y profundos barrancos se abrían al borde de los neumáticos.

Y lo que se temía Demetrio sucedió de pronto. Tras bordear una enorme pared rocosa, casi vertical, el camino se interrumpió bruscamente. No había posibilidad de seguir adelante con el coche.

Se bajaron del vehículo y examinaron el terreno. No es que el camino hubiera desparecido, sino que había sido sepultado por un desprendimiento de rocas.

—Ya contaba con que más tarde o más temprano tendríamos que abandonar el coche —dijo Demetrio como si tal cosa—. Seguiremos a pie.

—Pero a ti te cuesta mucho trabajo caminar —le recordó Lorena.

—A todos nos costará caminar por este desierto —se limitó a responder el zapatero.

Consultaron el mapa y decidieron bordear las rocas que cortaban el camino y continuar por él, pues parecía que se dirigía hacia el corazón del mismísimo desierto. Se dieron cuenta enseguida de que no hubieran podido continuar mucho más en coche, pues el camino se estrechaba tanto que apenas permitía el paso de dos personas juntas. Por ese motivo comenzaron a caminar en fila india: Demetrio delante, privilegio que le otorgaba no sólo la edad, sino su cojera. Él era quien debía imponer el ritmo de la marcha.

Tras él iba siempre Lorena. Y cerrando la comitiva, Dante, con la caja de zapatos entre las manos, una caja que no se cansaba de mirar para cerciorarse de que todo iba más o menos bien en su interior.

—No te preocupes, papá... No tengas miedo, tú hijo está siempre a tu lado... Ya sé que se mueve demasiado la caja... Procuro evitarlo, pero al ir andando por un camino lleno de piedras es prácticamente imposible... Me esforzaré más... Déjate caer sobre el jersey de lana, está muy mullido, no te harás daño. Así, así. ¿Lo ves? Aunque se mueva la caja un poco, el jersey amortigua los golpes... Ya falta poco... Sí, ya lo verás... Ya nos encontramos dentro del Desierto Impenetrable.

Lorena pensaba que desde que había encontrado a Dante no había tenido que ocuparse de Benjamín Rocaseca. Y aunque seguía viviendo una situación angustiosa, era una suerte haberse librado de esa inquietud añadida. Además, le parecía importante que Dante se mostrase tan responsable y asumiese el cuidado de su padre. Si lograban llegar hasta el Morador del Oráculo y éste conseguía *curar* a Benjamín de su extraño mal, la relación entre padre e hijo ya nunca volvería a ser igual. Pero... ¿llegarían alguna vez hasta el corazón del Desierto Impenetrable, donde se encontraba el Oráculo? ¿Conocerían al Morador? Eran preguntas que la muchacha no dejaba de repetirse. Ya no estaba segura de nada, ni siquiera de que existiesen el Oráculo y el Morador. El desierto era evidente que existía.

Caminaron sin parar hasta después del mediodía, cuando el sol ya había superado su cenit. El calor era asfixiante y la enorme sequedad del terreno no hacía más que acrecentarlo.

Lorena estaba sorprendida por la resistencia de Demetrio que, sin forzar nunca su marcha cansina, no dejaba de andar.

Sólo cuando llegaron a un punto en el que el camino se dividía en dos, el zapatero se detuvo.

—¡Una encrucijada! —exclamó contrariado.

Y Lorena y Dante agradecieron enormemente la parada, pues ellos sí que se notaban cansados, sudorosos y, sobre todo, sedientos.

Demetrio observó un camino y luego el otro. Parecía que no se separaban momentáneamente, sino que tomaban direcciones opuestas. Eso les obligaba a tomar una determinación, pues lo más lógico era que sólo uno les condujese hasta el Oráculo. No había ni un cartel indicador, ni una señal, ni una flecha pintada en alguna roca... Nada

—No hay forma de saber qué camino debemos tomar —dijo Demetrio.

—Habrá que confiar en la suerte —añadió Lorena.

Dante miraba angustiado los dos caminos y pedía al cielo una señal, un indicio, una prueba..., algo que les indicara cuál era el acertado.

Como estaban los tres en silencio, pudieron oírlo con claridad. Primero, escucharon varios golpes secos, como impactos contra el suelo. Esos golpes cada vez se oían más próximos y eran tan fuertes que hasta hacían temblar el terreno que pisaban.

—¿Qué es eso? —preguntó Lorena asustada.

—No sé —Demetrio también estaba muy confuso—. Tal vez sean rocas que se están desprendiendo.

—Cada vez se oyen más cerca.

Los ruidos seguían acercándose. Si era un desprendimiento estaban perdidos, pues daba la impresión de que serían aplastados por las rocas sin remedio. Pero entonces escucharon otro ruido mucho más extraño. Era una mezcla de grito, de gruñido, de aullido, de bramido... No sabían quién podría emitirlo, pero lo que estaba claro era que no se trataba de un impacto de rocas. Ese vozarrón sólo podía pertenecer a un ser vivo.

Y el ser vivo no tardó en aparecer frente a ellos.

Medía por lo menos cinco metros de altura y fácilmente superaba las dos toneladas de peso. Era antropomorfo y caminaba erguido sobre sus patas traseras, que eran robustas y cortas. Su cuerpo, todo recubierto de un pelo corto y crespo, era macizo y sólido, aunque a la altura de su vientre se volvía más bien orondo. Los hombros, de los que le salían dos brazos terminados en garras, se estrechaban un poco y sostenían, casi sin cuello, una cabeza enorme y espeluznante: orejas puntiagudas, nariz ancha y aplastada con una hendidura en su mitad, ojos enormes y negros como el carbón, pelo erizado y una boca capaz de desmayar hasta al más valiente de los humanos. Aquella boca podía medir fácilmente medio metro de largo y estaba armada con dos hileras de dientes brillantes y afilados como puñales, como dos batallones dispuestos a entrar en combate.

Aquel ser se situó frente a ellos y comenzó a dar saltos y a emitir gruñidos ensordecedores. Eran tan fuertes los impactos contra el suelo que alguna roca llegó a desprenderse de las montañas más próximas. Incluso, una le acertó de lleno en plena cabeza. El ser ni se inmutó, pero la roca se hizo añicos. Demetrio, Lorena y Dante, que apretaba contra su cuerpo la caja de zapatos, se juntaron atemorizados. Sin duda, pensaban que su aventura había terminado casi antes de comenzar, pues aquel ser iba a devorarlos en un santiamén. Abrazados, retrocedían lentamente.

Pero, entonces, ocurrió algo que los dejó boquiabiertos.

—¡Bienvenidos al Desierto Impenetrable! —dijo aquel ser horrible con voz de trueno, y arqueó su bocaza para obsequiarlos con una enorme sonrisa.

Luego separó los brazos del cuerpo y extendió sus garras, como indicándoles que podían seguir adelante.

—¿Quién eres? —se atrevió entonces a preguntar Demetrio.

—¿No lo veis? —respondió—. Soy un monstruo.

—¡Un monstruo! —exclamaron a la vez Demetrio, Lorena y Dante.

—Es evidente —replicó el monstruo—. No sé por qué os extrañáis tanto. Además, no soy ningún monstruo especial, pertenezco a la familia de monstruos normales y corrientes, como el monstruo de Nairobi, el monstruo de Pernambuco, el monstruo de Yokohama o el monstruo de Albacete, aunque soy de mayor tamaño que todos ellos.

—¿Y qué vas a hacer con nosotros? —preguntó Lorena, aún no repuesta del susto.

—Nada.

—¿Nada?

—A no ser que vosotros tengáis alguna idea...

—No, no.

—Sólo quería daros la bienvenida al Desierto Impenetrable. Hacía muchos, muchísimos años que no veía a un ser humano por aquí. Vuestra presencia me ha puesto muy contento. Estoy tan alegre que me entran ganas de saltar y bailar.

—Contén tu alegría, por favor —le suplicó Demetrio, temeroso de que los saltos ocasionasen una catástrofe.

Superado el miedo inicial, descubrieron que aquel monstruo era un tipo realmente amable y divertido. Los condujo hasta una enorme cueva, donde vivía, y les invitó a comer opíparamente. Sobre una mesa de piedra colocó unos enormes cuencos de madera y con los dedos, pues el monstruo carecía de cubiertos, dieron buena cuenta de una ensaladilla rusa, de una fabada asturiana y de una crema catalana, todo ello envasado. De un garrafón de agua bebieron cuanto quisieron.

—Una vez al mes hago un pedido al supermercado —explicó el monstruo.

—¿Hay un supermercado por aquí? —preguntó Demetrio.

—El más cercano está a unos cien kilómetros. El pedido me lo trae una empresa de transportes.

Dante había separado una alubia de la fabada y se la había dado a su padre para que comiera algo. Pero la alubia le resultaba muy grande al escritor, por eso tuvo que partirla con mucho cuidado en cuatro partes.

—Debes comer algo, papá... Ya sé que se te ha quitado el apetito, pero tienes que hacer un esfuerzo... Comer te dará fuerzas... Es una alubia de un plato de fabada, está muy rica, ya lo verás... Yo no creo que te vaya a producir gases... Tienes que alimentarte bien... Ya falta menos, mucho menos... No, no me separaré de ti... Voy a cuidarte mucho... Te sentirás orgulloso de tu hijo.

El monstruo se interesó por lo que había en la caja, pero cuando lo vio no mostró ninguna sorpresa, pues se veía que estaba acostumbrado a todo tipo de fenómenos extraños.

—Curioso —se limitó a decir.

Terminados los postres, Demetrio pensó que aquel ser podría ayudarlos, por eso decidió interrogarlo de manera directa.

—Vamos en busca del Morador del Oráculo —dijo.

—¡Ah, qué bien! —replicó el monstruo, como si le hubiera hecho gracia.

—Pero tenemos un dilema —continuó Demetrio—. Hemos llegado a una encrucijada y no sabemos qué camino debemos tomar.

—Los dos caminos os llevarán hasta el Oráculo donde vive el Morador, si es eso lo que querías saber —el monstruo se anticipó a la nueva pregunta de Demetrio.

—¿Eso significa que es indiferente tomar uno u otro?

—Uno es corto y el otro es muy largo. Uno va en línea recta y el otro da mil rodeos.

—Entonces, cogeremos el corto.

Lorena lo veía muy claro.

—Sólo os diré una cosa —añadió el monstruo, y su voz adquirió una gravedad que la hacía profunda, cavernosa—. Nadie se ha atrevido a internarse por el camino corto. Y no me está permitido decir nada más.

El monstruo les regaló una mochila, que llenó de comida envasada y de botellas de agua, y los acompañó hasta el lugar exacto donde el camino se bifurcaba. Les indicó cuál era el corto y cuál el largo. Volvió a sonreír con su enorme bocaza y, en elocuente gesto, se encogió de hombros.

—Os toca decidir a vosotros —dijo—. Sólo recordad una cosa: nadie se ha atrevido jamás a internarse por el camino corto.

Y dando saltos, haciendo retumbar el suelo y provocando algunos desprendimientos de rocas, aquel monstruo normal y corriente, se alejó poco a poco del lugar.

—¿Qué hacemos? —preguntó Lorena.

—Difícil elección —razonó Demetrio—: el camino largo debe de ser el más seguro y el corto el más peligroso.

Resuelto, Dante echó a andar y se internó por el camino más corto.

—No tenemos tiempo para dar rodeos —dijo—. Iremos por aquí.

Lorena y Demetrio se miraron. En sus ojos se reflejaba una gran confusión. Fue la muchacha la que primero se decidió.

—No podemos dejarlo solo ahora —dijo.

Echó a andar y en un momento alcanzó a Dante. Se observaron de reojo y, hombro con hombro, continuaron con resolución por aquel camino. Al cabo de unos cien metros, y como obedeciendo a un mismo impulso, los dos volvieron la cabeza. Demetrio los seguía a muy corta distancia, renqueante.

—¿Pensabais que iba a abandonaros? —dijo el zapatero remendón y rio de buena gana.

EL RÍO

Como les había advertido el monstruo, el camino era siempre recto. A veces parecía imposible que pudiera transcurrir tan derecho. De pronto, se elevaba ante él una enorme mole rocosa, pero el camino encontraba un resquicio por donde meterse y mantener así su dirección. Parecía un milagro en medio de aquellas montañas desérticas.

Los tres eran conscientes de que debían redoblar su atención y no perder detalle de nada a su alrededor. Sabían que circulaban por un lugar muy peligroso, pero el mayor peligro era no saber en realidad de qué se trataba. Por eso había que estar alerta, muy alerta.

De vez en cuando se detenían unos segundos y miraban en todas direcciones, oteando hasta el último resquicio de aquel paisaje por si sobrevenía alguna amenaza o algún peligro real. Aguzaban al máximo los sentidos: olfateaban el aire denso y caliente en busca de algún olor desconocido, y escuchaban atentamente formando pantalla con las manos alrededor de sus orejas. Pero ni veían nada, ni olían nada, ni escuchaban nada. Y esa especie de vacío era lo que más les impresionaba. La única señal de vida que notaban en aquellos parajes era los jadeos de sus propias respiraciones, sus pisadas titubeantes, las fricciones de su propia ropa.

La tensión crecía a medida que avanzaban. De vez en cuando pisaban una piedra y ésta, al resbalar, producía un ruido diferente, como un pequeño crujido. Este detalle insignificante les creaba un sobresalto enorme y, como si hubieran visto un fantasma, corrían a abrazarse, pues sólo el contacto de sus cuerpos les hacía recuperar la calma.

El sol, que ya había empezado a declinar, producía ahora unas sombras enormes de un contraste brutal. En una misma montaña, podían observarse unas paredes rojizas, como incendiadas, y otras tan oscuras que parecían negras; y entre medias una gama de colores sorprendentes. El viento, que había soplado sin fuerza hasta entonces, en pequeñas ráfagas, cesó por completo, creando una sensación de quietud sobrecogedora.

Alzaron la cabeza y, en busca de alivio, miraron al cielo que se recortaba entre las cumbres. No había ni una sola nube, ni siquiera un jirón algodonoso, ni la estela blanquecina y rectilínea de un avión. Tampoco sobrevolaba aquel desierto ningún pájaro.

Aunque a los tres aquel recorrido se les hizo largo, interminable, en realidad sólo habían transcurrido dos horas cuando notaron que el camino se ensanchaba considerablemente al llegar a una pequeña llanura. El espacio abierto les hizo perder un poco de tensión. Entonces descubrieron que el camino se unía con otro que descendía en zigzag por la ladera de una de aquellas montañas. Al juntarse ambos, la línea recta del que habían transitado desaparecía bruscamente.

—¿Será ese otro el camino largo? —se preguntó Lorena en voz alta.

—Podría ser —reconoció Demetrio—. Nosotros hemos venido en línea recta y ése parece dar mil rodeos.

—Si los dos caminos vuelven a encontrarse, eso significa que... —Dante no terminó la frase, sorprendido por sus propios razonamientos.

—Significa que hemos superado un tramo importante —la completó Demetrio.

—Y que ya estamos más cerca del Oráculo —añadió Lorena.

Ninguno de los tres pudo disimular una euforia contenida. Sus rostros, perdida ya la tensión, se relajaron y en ellos volvieron a asomar algunas sonrisas.

—Debemos seguir hasta el anochecer —dijo Demetrio, señalando el nuevo sendero con sus brazos extendidos—. Ahora el calor es más llevadero.

A Lorena y Dante les sorprendió una vez más la resistencia del zapatero y, tras echar un buen trago de agua, prosiguieron la marcha.

—No puedo entenderlo, no puedo entenderlo... —repetía Lorena para sí—. ¿Dónde estaban los peligros del camino más corto? No puedo entenderlo...

—No te esfuerces en entender nada —dijo Demetrio.

De repente, escucharon con claridad un zumbido que no se parecía a otros zumbidos que ya conocían. Se oía a lo lejos y daba la sensación de que se acercaba muy deprisa. Se detuvieron y comenzaron a mirar a todas partes para intentar descubrir su procedencia. Era desconcertante, pues a veces se oía por un lado y otras veces por el opuesto, creando una gran confusión.

Luego, durante unos segundos, aquel zumbido pareció difuminarse tras unas voluminosas rocas y, cuando pensaban que había desaparecido por completo, reapareció con una virulencia extraordinaria. Entonces pudieron comprobar que ese zumbido lo producía un objeto volador de no muy gran tamaño que se desplazaba vertiginosamente de un lado a otro. Sus movimientos no eran incontrolados y obedecían a una lógica, porque cada vez se acercaba más y más a ellos. Finalmente, pasó tan cerca que a punto estuvo de rozar los pelos de sus cabezas. Entonces descubrieron que aquella cosa volante desprendía un fuerte olor, una mezcla penetrante de azufre, alquitrán y otros productos difíciles de identificar.

—Tranquilo, papá —Dante se dirigió a la caja de zapatos—. No sabemos aún lo que es, pero sea lo que sea yo te protegeré... No, no tengo miedo... Y tú no debes tenerlo tampoco. Piensa que estás con tu hijo y que él te cuidará... No me separaré de ti... Te lo prometo, papá.

El objeto volante comenzó a perder velocidad y el zumbido perdió también fuerza. Entonces, les pareció descubrir que el objeto tenía forma humana: brazos, piernas, cabeza... Descendía y se acercaba más y más al lugar donde se encontraban. Finalmente, se posó con suavidad en el suelo. Se trataba aparentemente de una mujer.

—¿Quién eres? —preguntó Lorena cuando la tuvo de frente.

La mujer les tendió la mano y les dio un fuerte apretón.

—¡Qué alegría estrechar la mano a unos seres humanos! —comentó alborozada—. ¡Casi había olvidado cómo sois!

—¿Tú no eres un ser humano? —volvió a preguntar Lorena.

Una larguísima risotada de aquel ser atronó el aire contenido entre las montañas, y el eco la esparció y la multiplicó por los valles cercanos.

Lorena no le quitaba la vista de encima. Cuanto más la observaba, más le sorprendía. Le resultaba imposible calcularle una edad, aunque saltaba a la vista que no era joven. Su tez era cetrina y estaba salpicada de manchas y de verrugas. Su nariz era más que un portento, sobre todo por su tamaño descomunal. Y su boca, que casi siempre mantenía abierta, era un monumento al espanto, pues eso era la impresión que causaban sus dientes donde aún quedaban, de tan sucios y podridos como estaban.

El cuerpo era menudo y deforme, irregular, retorcido, con varias jorobas en la espalda, rematado con unas piernas arqueadas y unos brazos muy largos, huesudos y peludos. Las manos eran enormes, con unos dedos siempre ligeramente doblados, de uñas largas y negras, como si una a una hubieran sido machacadas con un martillo.

—Soy la Bruja del Río —dijo a modo de presentación.

Al hablar salía de su boca una peste que les hizo retroceder.

—¿De qué río? —preguntó sorprendido Demetrio.

—Del río del Desierto Impenetrable.

—Es imposible que exista un río en este desierto.

La bruja volvió a reír con ganas antes de responder.

—Vosotros no tardaréis en verlo.

Y con un gesto les animó a seguir adelante.

—Antes de continuar, dime una cosa —dijo Demetrio—. Estos caminos que se unen aquí, ¿son los mismos que se separan a la entrada del desierto?

—Lo son —respondió la bruja, con un gesto de picardía.

—De modo que nosotros hemos venido por el corto y el otro es el largo.

—Así es. Por el largo hubierais tardado semanas o meses en llegar.

—¿Y dónde estaban los peligros del corto? —preguntó Lorena.

—¿Qué peligros? —pareció extrañarse la bruja.

—El monstruo dijo que el camino corto era más peligroso.

—No pronunció esas palabras —rectificó la bruja—. Eso lo habéis imaginado vosotros. Él sólo explicó que nadie se había atrevido a internarse por el camino corto.

—Pero eso no significa que...

—Eso sólo significa lo que os dijo el monstruo: que nadie se había atrevido a internarse por el camino corto.

Confundidos, pero ya resignados a no entender nada de lo que les estaba pasando, acompañados por aquella bruja estrafalaria y apestosa, continuaron la marcha. Pero no habían dado más de doscientos pasos cuando, tras bordear unas rocas que parecían haber rodado de la cumbre de alguna montaña, descubrieron frente a ellos un río.

Su asombro fue mayúsculo. Si con anterioridad les hubiesen preguntado qué era lo que menos esperaban encontrar en aquel lugar, hubieran respondido sin dudarlo que agua, y mucho menos un río.

El río no era pequeño y medía, por lo menos, veinte o veinticinco metros de anchura. La corriente transcurría plácida pero constante. El agua estaba limpísima y desde la orilla se veía el fondo perfectamente. En el centro, sin embargo, se oscurecía mucho y daba la sensación de que se abrían enormes pozas de gran profundidad.

—¿Cómo es que no hay vegetación alrededor del río? —se extrañó Demetrio.

—Este suelo es roca pura —respondió la bruja—. Nada puede crecer en él, ni un matojo de hierba.

Observaron que al llegar al río el camino volvía a bifurcarse. Por un lado, continuaba paralelo al agua y se perdía en lo que parecía un angosto valle. Por otro, se internaba perpendicular en la corriente y continuaba en la orilla opuesta.

—Buscamos al Morador del Oráculo —dijo Demetrio a la bruja—. ¿Qué camino hemos de tomar? ¿El que bordea el río o el que lo atraviesa?

—Los dos caminos os llevarán al mismo sitio —respondió ella.

—¿Y cuál es más corto? —intervino Lorena.

—Sólo os diré una cosa: nadie se ha atrevido jamás a cruzar el río. ¡Nadie! ¡Jamás!

Lorena se quedó mirando la negrura de las aguas por la parte central y se imaginó profundas simas donde el peligro acechaba por todas partes. Posiblemente allí vivieran criaturas horripilantes ansiosas de merendarse a unos incautos seres humanos. Sólo de pensarlo se le ponía la carne de gallina y le temblaban las piernas. Pero, de pronto, la voz de Dante la hizo volver a la realidad.

—No te preocupes, papá... Vamos a cruzar un río, pero no te mojarás... Mantendré la caja fuera del agua... Sé nadar muy bien... ¿Recuerdas que a los cinco años me apuntaste a clases de natación?... Yo no quería, pero te empeñaste... No lo he dejado. He ganado una medalla en cien metros estilo mariposa... No te preocupes, no pensaba ponerme a nadar ahora a mariposa... Papá, no me separaré de ti.

Dante ya se había metido en el río y caminaba decidido hacia la orilla opuesta.

—¡No podemos perder tiempo! —gritó.

—Voy contigo.

Y Lorena, sin pensarlo, se metió también en el agua.

—Iremos los tres juntos —dijo enseguida Demetrio, y entró en el río a toda prisa, como si temiese perder de vista a los muchachos.

La bruja parecía molesta. Se acercó a la orilla y gritó:

—¿No vais a quedaros conmigo esta noche?

—No podemos —respondió Dante—. Tenemos mucha prisa.

—Había pensado obsequiaros con una cena suculenta.

—El muchacho tiene razón, ahora no podemos detenernos —replicó Demetrio—. En todo caso, a la vuelta aceptaremos tu invitación.

La bruja pataleó contra el suelo, en una actitud parecida a esas rabietas que a veces tienen los niños pequeños. Luego, apretó sus puños y lanzó varios puñetazos al aire.

—¡Maldita sea! —exclamó—. La hospitalidad es una regla de oro del desierto. Para una vez que pasa alguien por aquí, no podré practicarla.

Luego, como un torbellino, comenzó a dar vueltas sobre sí misma hasta que alcanzó tanta velocidad que ni siquiera podían distinguirse sus formas. Por último, como si fuera un cohete espacial impulsado por un potente reactor, salió volando. Volvió aquel zumbido estridente y el olor a azufre, a alquitrán y otros productos difíciles de identificar.

Caminaban por el río con precaución, a pesar de que el agua ni siquiera les llegaba a la altura de las rodillas. Se veía el fondo perfectamente y por eso también podían ver en cada momento el sitio exacto donde pisaban.

Lorena pensaba sobre todo en el centro del río, en ese lugar donde las aguas se oscurecían, y se imaginaba enormes profundidades. Al contrario que en otras ocasiones, Dante, que no se había detenido en ningún momento para esperarlos, marchaba delante, resuelto y decidido.

—¡Cuidado, Dante! —le avisó Lorena cuando creyó que el muchacho estaba llegando a la zona peligrosa y pensaba que podía hundirse sin remedio o que un cocodrilo gigantesco podría asomar sus terribles mandíbulas y zampárselo.

Pero el muchacho seguía tan campante. Ya estaba en la zona de las aguas oscuras y la profundidad del río no aumentaba. Cuando Lorena y Demetrio llegaron allí pudieron comprobar el porqué. No había ninguna sima profunda, ni tampoco pozas. Simplemente el color de las rocas por las que transcurría el río se oscurecía hasta volverse casi negro.

Sin problemas, sólo con los pies mojados, alcanzaron la orilla opuesta y reanudaron la marcha por el camino. Los tres se miraron contentos y satisfechos. Estaban seguros de que iban en la dirección correcta y, por ese motivo, no podrían tardar mucho en encontrar el Oráculo, y allí al ansiado Morador.

Dante pretendía continuar a toda costa caminando, pero Demetrio, después de observar detenidamente la posición del sol, se lo impidió con prudentes razonamientos:

—No tardará en anochecer y no hemos parado durante todo el día. Tenemos que buscar un lugar donde dormir y reponer fuerzas. Si continuásemos caminando acabaríamos perdidos y extenuados, y todos nuestros esfuerzos no habrían servido para nada, porque es imposible orientarse por la noche en este desierto.

—Estoy de acuerdo —ratificó Lorena—. Debemos utilizar la cabeza y no dejarnos llevar por impulsos locos que no conducen a ninguna parte.

Después de decir estas palabras, se dio cuenta de que era una de esas frases tópicas, de las que se dicen por decir, pues en aquella situación era imposible actuar con cabeza y sin impulsos locos. Tal era el grado de sinrazón al que habían llegado.

Encontraron una pequeña cavidad entre rocas que les sirvió de abrigo. Comieron y bebieron abundantemente, pero no pudieron hacer fuego para calentarse un poco, como les hubiese gustado. Durante la noche las temperaturas bajaban mucho y el frío se volvía muy intenso. Tenían cerillas y un mechero, pero no encontraron nada que pudiera arder: ni una rama seca, ni unos palitroques, ni unos cartones, ni un periódico abandonado... Nada.

Durmieron acurrucados para darse calor. Y a los tres les costó trabajo conciliar el sueño por culpa del silencio, que era tan grande, tan profundo, tan infinito..., que les encogía los corazones.

—¿Oís algo?

—Nada.

Pero como estaban tan cansados, finalmente se durmieron.

EL PRECIPICIO

Se despertaron con las primeras claridades del amanecer. A los tres les sorprendió haber podido dormir. Tenían la sensación de haber pasado frío a lo largo de la noche, pero sólo era un recuerdo, pues la temperatura volvía a ser alta.

Se incorporaron, en primer lugar, Lorena y Dante, y ayudaron a levantarse a Demetrio, al que la incómoda postura y la dureza del terreno le habían dejado doblado como un cuatro y retorcido como un ocho.

A continuación, poco a poco, el zapatero remendón comenzó a abrir y a cerrar sus manos, que se le habían quedado dormidas. Luego, movió los brazos enteros, como si fueran aspas de molino. Giró la cabeza a un lado y a otro y finalmente dobló el tronco hacia delante tres o cuatro veces.

—Un poco de ejercicio por la mañana no viene mal.

Dante se había alejado unos metros y se había ocultado tras una roca para hacer sus necesidades. Se había llevado la caja de cartón y se le oía hablar constantemente con su padre. Eran las mismas palabras de siempre: palabras de ánimo, de calma, de esperanza... Palabras de cariño.

Regresó visiblemente preocupado y Lorena y Demetrio le interrogaron con la mirada. También con la mirada respondió Dante, pues se limitó a mover sus ojos en dirección a la caja. Lorena y Demetrio se acercaron y observaron el interior. Allí seguía el famoso escritor, sentado entre los pliegues del jersey de lana, que le servía de cama, de manta y de amortiguación. Saltaba a la vista que seguía menguando. Probablemente ya no superaría ni los quince centímetros.

—¡Tenéis que daros prisa! —gritó de pronto Benjamín.

A pesar de que hablaba a voz en grito, Lorena y Demetrio tuvieron que acercarse mucho a la caja para poder oírlo. Su voz también menguaba sin cesar.

—Ya falta poco —trató de consolarlo la muchacha.

—¡No quiero morir de esta forma! —gemía el escritor.

—No vas a morir, papá —intervino Dante—. Yo voy a estar todo el tiempo a tu lado y te protegeré.

—¡Es indigno para un ser humano morir así!

Demetrio estaba tan impresionado como los muchachos por la escena que estaban viviendo, y pensaba que el escritor tenía razón: era indigna aquella muerte, una muerte lenta, anunciada con meses de antelación, una muerte que parecía recrearse en su maldad, en su martirio.

—Reanudaremos la marcha inmediatamente —dijo—. Ese Morador del Oráculo no puede encontrarse muy lejos. Y más le vale que resuelva este enigma, porque de lo contrario le retorceré el pescuezo.

Volvieron al camino y a la marcha, que se les hacía interminable, sobre todo porque el paisaje, aunque cambiaba, siempre parecía el mismo: montañas descarnadas, rocas enormes con formas caprichosas, angostos desfiladeros, picachos erosionados... A Lorena le llamaba la atención la existencia misma del camino, e incluso de otros que no habían querido tomar. Caminos que quizá llevasen siglos allí, aunque nadie los transitase. Se dijo que cuando encontrasen al Morador del Oráculo le preguntaría quién los había hecho y con qué intención.

Después de varias horas de marcha notaron que el sol ya estaba en lo más alto y que sus rayos caían a plomo sobre el Desierto Impenetrable. El calor rebotaba en la superficie pétrea y creaba una sensación agobiante, difícil de aguantar. Pero los tres la soportaban y no cejaban en su empeño, sin saber que muy pronto una nueva sorpresa se cruzaría en su camino.

No se trataba de un río misterioso ni de un enigmático cruce de caminos. Se trataba de un precipicio, del más profundo precipicio que imaginarse pueda. Era tan hondo que ni siquiera se veía dónde terminaba. Asustados por aquel abismo, tuvieron que retroceder de inmediato para recuperarse de la impresión.

—¿Qué haremos ahora? —preguntó Lorena angustiada, aunque sabía que no iba a obtener ninguna respuesta de sus compañeros.

Dante estaba muy crispado. Observaba el precipicio y se daba cuenta de que era imposible saltar de un lado a otro, pues por la parte más estrecha medía por lo menos treinta metros de anchura.

—Estoy seguro de que el Oráculo se encuentra al otro lado —dijo.

Los tres sospechaban lo mismo. Pero como les parecía imposible cruzar y como no veían ningún puente por donde hacerlo, decidieron continuar caminando por el borde hasta encontrar un paso, o bien hasta que terminase aquella inoportuna sima.

—Aún tenemos que resolver otra cuestión —dijo entonces Demetrio—. ¿Caminaremos hacia la izquierda o hacia la derecha?

Miraron hacia un lado y otro, pero la contemplación de aquel paisaje no les proporcionaba ninguna pista, ningún indicio, ninguna señal.

Y mientras se preguntaban qué dirección tomar, escucharon una especie de bramido, o rugido, o aullido, o una mezcla de las tres cosas. Aquel ruido procedía del fondo del precipicio y, sin duda, las enormes paredes rocosas lo acrecentaban aún más, consiguiendo un efecto aterrador.

Los tres retrocedieron asustados, pues pensaban que la misma tierra se iba a resquebrajar bajo sus pies. Pero no habían terminado de sobreponerse cuando vieron asomar por el borde del precipicio una cabeza enorme, tan grande como diez cabezas juntas de hipopótamos. Su boca, que iba de oreja a oreja, parecía una prolongación de aquel abismo, estrecha y larga, sin fondo. A la cabeza le siguió un cuello muy largo, recubierto de escamas que parecían estar labradas en piedra. Y al cuello, un tronco interminable, del que sobresalían cuatro patas cortas y robustas. Y al tronco, una cola inmensa, que iba estrechándose poco a poco.

Aquel extraño ser, o aquel bicharraco gigantesco, salió del precipicio con facilidad, a pesar de su enorme tamaño y a pesar, como se deducía, de haber escalado una pared rocosa y vertical. Se les quedó mirando con sus ojos enormes y oscuros. De pronto, se contrajo violentamente sobre sí mismo, como si le hubiese sobrevenido un dolor. A continuación, se irguió al máximo sobre sus patas, estiró todo su cuerpo y levantó la cabeza cuanto pudo. Luego abrió la boca como si tuviese necesidad de expulsar algo y, al momento, salió de su garganta una bola de fuego que, tras permanecer unos segundos suspendida en el aire, se extinguió.

—Tendréis que perdonarme —dijo aquel ser, apuntando una sonrisa en su humeante bocaza—. Pero es que últimamente tengo malas digestiones.

Si hubiese querido devorarlos ya podía haberlo hecho varias veces. Sin embargo, su actitud no era agresiva, ni mucho menos. A pesar de su aspecto, parecía un tipo educado, que incluso se disculpaba por aquel inoportuno regüeldo de fuego.

—¿Quién eres y qué quieres? —le preguntó directamente Demetrio.

—Aunque esa pregunta debería hacerla yo, responderé: soy un dragón. Creo que por mi aspecto resulta evidente. Pero os daré algunos datos técnicos y científicos.

Hablaba de manera pausada, recreándose en las palabras, con una dicción muy clara. Parecía un dragón refinado y hasta un poco redicho.

—Por mi forma, soy uno de esos dragones que se asemeja un poco a los reptiles, pero que conste que no tengo nada que ver con cocodrilos ni bichos de sangre fría. Por mi cultura, soy uno de esos llamados dragones chinos, es decir, de los que desfilan por las calles entre la multitud para celebrar el año nuevo y cosas por el estilo. Y por mis peculiaridades personales soy un dragón con cosquillas.

—Y eso, ¿qué significa? —preguntó Lorena sorprendida.

—Resumiendo: tengo la sangre muy caliente y, además, muchas cosquillas —concluyó con un aire de suficiencia.

Dante pensó que estaban perdiendo un tiempo que podría ser fundamental para la salvación de su padre, por eso intervino con mucha resolución. Dio dos pasos en dirección al dragón y le preguntó:

—¿Dónde está el Oráculo?

—Al otro lado del precipicio.

Sus peores augurios se cumplieron. Tendrían que cruzar aquel abismo para llegar al Oráculo. Pero... ¿cómo y por dónde? Y si no podían cruzarlo tendrían que bordearlo. Demetrio y Lorena también se acercaron al dragón. No parecía peligroso, al menos mientras no le sobreviniese otro regüeldo de fuego.

—¿Debemos ir a la derecha o a la izquierda? —preguntó Lorena.

—Por los dos sitios bordearéis el precipicio, pero tardaréis mucho tiempo en hacerlo. El camino más corto es en línea recta.

Aquel dragón estaba desvariando, pues en línea recta acabarían cayendo al fondo del precipicio y nadie podría librarlos de la muerte. Antes de que pudieran decirle nada más, el dragón les hizo un gesto para que se acercasen al borde del barranco y, una vez allí, ante su sorpresa, dio un tremendo salto, se mantuvo un momento en el aire y se estiró al máximo, alcanzado una longitud enorme. Luego, se dejó caer despacio. Su mandíbula quedó apoyada en uno de los lados del barranco y el extremo de su cola en el lado opuesto, de manera que su cuerpo se convirtió en una especie de pasarela o puente.

—Podéis cruzar caminando sobre mi cuerpo, o bien podéis utilizar el puente de piedra.

—¿Qué puente? —preguntaron los tres a la vez.

El dragón se limitó a mover los ojos a un lado. Y, cuando los tres miraron en esa dirección, descubrieron un gigantesco puente de piedra que unía las dos orillas.

—Ese puente no estaba hace un momento —dijo Lorena.

—La luz cegadora de este desierto hace que a veces se vean cosas donde no las hay y que no se vean donde las hay —dijo el dragón, y les guiñó un ojo de manera cómica.

Un nuevo dilema se les presentaba. ¿Por dónde debían cruzar? Podían hacerlo por el puente de piedra, que parecía muy sólido, o por encima del cuerpo del dragón, que no ofrecía mucha seguridad y que, además, había asegurado que tenía cosquillas.

—Aconséjanos —dijo Demetrio, intentando sacar algo en claro.

—No puedo aconsejaros —replicó el dragón—. Sólo diré que nadie hasta ahora se ha atrevido a cruzar el abismo caminando sobre mi cuerpo.

Estas últimas palabras fueron como una señal. Intercambiaron una fugaz mirada y no dijeron nada más. Los tres habían tomado la misma determinación. Desecharon el puente de piedra, pues consideraron que se trataba de un espejismo, y se internaron con decisión por el cuerpo del dragón. Caminaban despacio sobre su lomo, apoyando bien los pies en las escamas, pues éstas eran un poco resbaladizas. El dragón, aunque respiraba muy pausadamente, se movía cuando el aire entraba y salía de sus pulmones, lo que hacía que su cuerpo tuviera una oscilación constante.

—¡No miréis hacia abajo! —gritó Demetrio—. ¡Siempre al frente!

Resultaba complicadísimo, además de muy peligroso, caminar por allí. Era muy difícil mantener el equilibrio. En muchas ocasiones tenían que detenerse y permanecer inmóviles durante unos segundos para afianzarse bien. Tenían que dar pasos muy cortos. Más que andar, arrastraban los pies.

Pero de pronto las cosas se complicaron mucho más, pues el dragón comenzó a reírse. A causa de la risa, su cuerpo se movía de manera exagerada, oscilaba de arriba abajo y se retorcía sobre sí mismo.

El primero que cayó fue Demetrio, que caminaba en último lugar. Perdió el equilibrio y se desplomó, pero tuvo suerte de agarrarse al borde de una de las escamas del dragón. Tumbado sobre su lomo se quedó inmóvil, tratando de reponerse del susto.

—¿Qué te ocurre? —gritó—. ¿Por qué te mueves tanto?

—Me hacéis cosquillas —contestó el dragón—. No puedo evitarlo.

—¡Piensa en otra cosa!

—Me hacéis cosquillas aunque piense en otra cosa.

Lorena y Dante cayeron casi a la vez y también consiguieron agarrarse a las escamas del dragón. Dante había salvado milagrosamente la caja de zapatos, de la que seguía sin separarse. Y aunque tuvo que soltarla un instante, consiguió recuperarla antes de que se perdiera en el vacío.

—¡A gatas! —gritó Demetrio—. ¡Debemos continuar a gatas!

Y prosiguieron el camino a gatas o, más bien, arrastrando sus cuerpos sobre el del dragón. Pero surgió un nuevo problema: la mayor fricción le hacía más cosquillas y se reía con más frecuencia. Cada vez que esto sucedía tenían que detenerse y permanecer un buen rato inmóviles. Cerraban los ojos para no sentir que aquel abismo les tragaba, y esperaban con angustia hasta que el dragón se calmaba un poco.

De esta forma, el cruce del precipicio se les hizo interminable. E interminable, en esta ocasión, no es una hipérbole, sino prácticamente una realidad, pues tardaron el resto del día en cruzar de un lado a otro.

Anochecía cuando alcanzaron la orilla opuesta. Estaban sudorosos y agotados, al borde de la extenuación. Sus corazones galopaban desbocados y sentían el miedo agarrado a todas sus entrañas. Lo único que les animaba era haber reencontrado el camino, ese camino caprichoso que debía conducirles hasta su destino.

El dragón, una vez cumplida su misión de puente, se contrajo sobre sí mismo e, impulsándose con la cola y la barbilla, dio un gran salto, que lo llevó al lado de Lorena, Dante y Demetrio.

—Ya me estaba cansando —comentó.

—Pues imagínate nosotros —replicó Demetrio.

—Sí que sois complicados —continuó el dragón—. Tenéis un puente seguro que cruza el precipicio y habéis preferido hacerlo sobre mi cuerpo.

—¿Puedes asegurarnos que ese puente no es un espejismo? —preguntó Demetrio.

El dragón se limitó a reír, pero esta vez la risa le produjo unas convulsiones violentas. Su vientre se bamboleó con fuerza y Demetrio, intuyendo lo que iba a pasar, agarró a los muchachos de un brazo y los alejó cuanto pudo del lugar.

—¡Cuidado! —gritó—. ¡Creo que le sobreviene un regüeldo!

Y no se equivocó el zapatero, pues, al momento, la bocaza del dragón se abrió y expulsó una inmensa bola de fuego, capaz de calcinar un bosque entero, si lo hubiera habido.

Y a la primera bocanada, siguió una segunda, y luego una tercera. Lo del dragón parecía realmente grave. Sólo al llegar a la sexta, se calmó.

—Esto no es normal, ni siquiera para un dragón como yo. Tendré que ir al médico.

—Bebe más agua para apagar la rescoldera que debes de tener en tus tripas —le aconsejó Demetrio.

—Odio el agua.

—Pues, entonces, no te quejes.

El dragón giró su cabeza hacia arriba y contempló el cielo. Luego, con un gesto inequívoco se encogió de hombros, como dando a entender que ya no pintaba nada allí.

—Va a anochecer de un momento a otro. Tengo que marcharme.

Dante, abrazado a la caja de cartón, le hizo la pregunta que más le inquietaba:

—¿Falta mucho para llegar al Oráculo?

—No —se limitó a responder el dragón.

—¿No podrías llevarnos ahora hasta allí?

—Imposible. Vosotros estáis demasiado cansados y yo no veo nada por la noche. Dormid, reponed fuerzas y mañana podréis continuar.

Y sin decir una palabra más, como si temiese que la noche pudiera sorprenderlo fuera de su guarida, el dragón echó a correr a toda prisa. Su agilidad era pasmosa. Antes de que pudieran darse cuenta, había desaparecido de su vista.

Como la noche anterior, buscaron un abrigo entre las rocas y comieron las provisiones que les quedaban.

Lorena pensaba una vez más en el sinsentido de lo que estaban viviendo. ¡Qué auténtico disparate, lo mirase por donde lo mirase! Nada tenía coherencia ni lógica. Nada podía razonarse, ni el hecho mismo de encontrarse allí, en medio del Desierto Impenetrable, un desierto que antes de conocerlo hubiese pensado que sólo podía existir en la mente calenturienta de algún escritor.

Los tres juntos se acurrucaron en un rincón de aquel abrigo rocoso para darse calor y soportar mejor la bajada de temperatura de la noche. Lorena estaba agotada y pensó que no tardaría en conciliar el sueño. Pensó en sus padres. Pensó en su casa. Pensó en su cama. Pensó en el taller de Demetrio y en su trastienda llena de libros salvados del basurero.

La respiración fuerte y pausada del zapatero le indicó que estaba dormido. Él también tenía que estar agotado Admiró su tenacidad y su lucha denodada contra sus propias limitaciones físicas.

Escuchó un susurro monótono y pensó en Benjamín Rocaseca, el escritor menguante, y recordó el libro de literatura infantil que había escrito, *La mariposa de siete colores*, un libro que le había parecido tonto y aburrido, que sólo podría gustar a niños tontos y aburridos. Por supuesto, nunca se lo diría. Bastante tenía ya, el pobre.

El susurro no cesaba. Era la cantinela de siempre:

—No te preocupes de nada, papá... Ya falta muy poco... No, no falta poco para que te mueras. No me refiero a eso. Falta poco para llegar al Oráculo... Allí encontraremos la solución, seguro que ese Morador nos da un remedio contra tu enfermedad... No llores, papá. No temas, papá. No te preocupes, papá. Tu hijo no se separará de ti ni un momento y te cuidará, te protegerá...

LAS DOS CUEVAS

A Lorena le pareció escuchar un ruido diferente. Primero, se dijo que estaría soñando y no le dio mayor importancia. Pero como se repitió varias veces, hizo un repaso mental de todos los ruidos posibles: la respiración fuerte de Demetrio, el roce de sus cuerpos al moverse, alguna piedra que rodaba, una brisa intermitente... Y nada más.

El ruido era distinto y, además, se notaba muy cercano, por eso decidió abrir los ojos. Aunque aún no había amanecido se dio cuenta de que no tardaría mucho tiempo en hacerlo, pues hacia el este ya empezaba a clarear y los perfiles de las montañas se reconocían con nitidez. Permaneció inmóvil, esperando, y no tardó en volver a escuchar otra vez el mismo ruido, que provenía de la mochila que les había dado el monstruo con agua y comida. Además, notó que ésta se movía.

Primero pensó que se trataría de algún animalillo, pero enseguida le sobrevino otro pensamiento. Quizá se trataba de Benjamín, que había sentido hambre o sed durante la noche y se había decidido a salir de la caja para buscar algo de comida.

Con suavidad, dio un codazo a Demetrio y otro a Dante. Los dos abrieron los ojos de inmediato y ella, llevándose el dedo índice a los labios, hizo un gesto para que se mantuvieran en silencio. Luego señaló la mochila, que seguía moviéndose, como si alguien se hubiese metido dentro.

No fue necesario preguntar a Dante, pues también él supuso que se trataba de su padre. Por eso, lo primero que hizo fue mirar en la caja de zapatos. Se tranquilizó mucho al descubrir que no había salido de allí y que estaba tumbado sobre el jersey de lana, durmiendo a pierna suelta.

Demetrio hizo un gesto con las manos, indicando calma, y dando a entender que lo que había entrado, fuera lo que fuese, tendría que salir.

Y las suposiciones del zapatero resultaron acertadas, ya que enseguida vieron aparecer el cuerpo de una mujer pequeña, muy pequeña, que tiraba con fuerza de una lata de sardinas en escabeche.

Mientras la observaban, los tres contuvieron la respiración. ¿Qué otro prodigio iba a depararles el destino? Aquel ser diminuto, salvo la diferencia evidente de sexo, se parecía mucho a Benjamín Rocaseca. Tenía más o menos el mismo tamaño del escritor y, como él, sus facciones eran agraciadas y sus proporciones perfectas. Lo que más le diferenciaba del escritor eran las energías que parecía derrochar, pues arrastrar aquella lata le estaba costando un trabajo ímprobo. También tenía otra peculiaridad: una especie de aura de un color indefinido, que la envolvía por completo y que daba la sensación de mantenerla en todo momento en medio de una nube brillante y algodonosa.

—¿Quién eres tú y qué quieres? —le preguntó de pronto Demetrio.

Aquella diminuta mujer se dio tal susto al oír la voz del zapatero que soltó la lata y se cayó de culo.

—¡Mierda! Pensé que estabais durmiendo —protestó cuando se recuperó de la impresión—. ¡Qué susto me habéis dado! ¿Es que no sabéis que las hadas podemos morir también de infarto de miocardio?

—¡¡¡Hadas!!! —Lorena, Dante y Demetrio lo dijeron a la vez.

—Sí, ¿pasa algo?

—¡¡¡No!!!

—¡Mierda! ¿Es que no sabéis lo que es un hada?

El hada tenía una voz muy aguda y algo estridente; además, hablaba en tono muy alto, lo que llegaba a ser un poco desagradable.

—¿Y qué hacías dentro de nuestra mochila? —preguntó Lorena.

—¿Necesito explicártelo, mocosa? Pretendía robaros una lata de sardinas en escabeche. ¡Me encantan!

—¿Y no te importa reconocerlo?

—¿Por qué iba a importarme? Yo soy un hada solitaria, y las hadas solitarias nos volvemos malas, muy malas. Robar, para nosotras, es la cosa más natural del mundo.

—Si lo hubieras pedido, nosotros hubiésemos compartido contigo esa lata de sardinas.

—¡Mierda! No me fío. ¿Qué opinan ese hombre y el muchacho con cara de pánfilo?

Al hada parecía gustarle provocar a los demás con sus palabras, de lo contrario no podría entenderse su manera de hablar, siempre punzante, directa y maleducada. Con un gesto, mitad de arrogancia y mitad de desconfianza, miró a Demetrio y a Dante, incitándolos a dar una respuesta. El muchacho afirmó con la cabeza y Demetrio, incorporándose un poco, le hizo una invitación en toda regla:

—¿Quieres desayunar con nosotros?

Desayunaron juntos sardinas en escabeche y alguna que otra cosa que aún les quedaba en la mochila. El hada, a pesar de su diminuto tamaño, comía vorazmente y ella sola se zampó dos sardinas enteras, lo que para su estatura era una barbaridad. Con el estómago lleno se dejó caer al suelo y se apoyó sobre una piedra, se aflojó un poco la ropa y eructó con una fuerza que a todos sorprendió.

—Menos mal que tú no echas fuego por la boca —bromeó Demetrio.

El hada se cruzó de piernas y colocó sus manos detrás de su cabeza. Parecía sentirse muy a gusto en esa postura. De pronto, preguntó:

—¿Qué mierda se os ha perdido en este desierto?

—Buscamos al Morador del Oráculo —respondió enseguida Dante.

—¿¡A ese impresentable!? —pareció sorprenderse el hada.

—¿Por qué te refieres a él con desprecio? —preguntó Demetrio.

—Nunca nos hemos caído bien.

—¿Por qué motivo?

—Se cree muy listo.

—¿Y no lo es? —Demetrio pensó que si tiraba un poco de la lengua al hada, podría sacarle alguna información que les resultara muy útil.

—Yo no he dicho que no lo sea. Pero hay gente que es lista y, además, se cree lista. ¡No la soporto! Y también hay gente que no es lista y se cree lista. ¡Mierda! ¡Ésos son peores todavía!

—¿Él es capaz de resolver todos los enigmas? —preguntó Dante.

—Sí, creo que sí. Tiene esa habilidad. Pero... ¿qué mierda de enigma queréis que resuelva?

Entonces Dante cogió la caja de zapatos, la puso en el centro del corro que habían formado para desayunar y apartó un poco el jersey de lana hasta que dejó al descubierto a Benjamín.

—Es mi padre —dijo.

Al verlo, el hada dio un salto enorme, tan alto que superó las cabezas de los demás. Luego, se dejó caer describiendo círculos sobre sí misma, formando una espiral.

—¡Qué monada! —exclamó, y se metió en la caja de zapatos, con él—. ¡Oh! ¡Qué preciosidad! Nunca había visto un ser humano así.

Benjamín, asombrado por aquella súbita aparición, se quedó mirando al hada. De repente, tuvo la sensación de que no era el único ser humano del planeta que menguaba. Aquella mujer era la prueba. Este hecho, en lugar de deprimirlo más, le produjo alegría y acrecentó su esperanza.

—Tú también menguas... —empezó a decir.

—¡Oh, no! Yo soy así desde que me desarrollé por completo en la pubertad —el hada con gestos insinuantes fue marcando con las manos el perímetro de todo su cuerpo: las caderas, la cintura y los pechos—. Llevó años con la misma talla.

—No es posible, no es posible...

—Pues ya lo ves, guapo —el tono del hada había cambiado desde que se dirigía a Benjamín, su voz era más cálida y dulce—. ¿No te gusto así?

—No es posible, no es posible... —repetía el escritor.

—Estoy pensando que tú y yo podríamos montárnoslo muy bien. Tú me gustas a mí. Y yo... ¿no te parezco guapa? ¿Y qué dices de mi cuerpo? Si me miras bien, los ojos te harán chiribitas.

Dante, muy indignado, agarró al hada y la sacó a la fuerza de la caja de zapatos. Sin soltarla se la acercó a su rostro. Ella no dejaba de patalear.

—¡No intentes ligar con mi padre! —le reprochó, endureciendo al máximo su gesto.

—¿No crees que tu padre ya es mayorcito para decidir por sí solo?

—¡Yo cuido de él, yo lo protejo, yo me preocupo a todas horas por lo que pueda pasarle!

—¡Mierda! Estamos apañados con los niñatos de hoy —renegó el hada mientras Dante la dejaba en el suelo.

Luego, el muchacho agarró la caja de zapatos y literalmente se abrazó a ella, sin duda para evitar que el hada volviera a meterse dentro con intención de hacer insinuaciones a su padre.

El hada, lo que se dice volar, no volaba; pero daba unos saltos enormes y, además, conseguía mantenerse unos segundos en el aire, e incluso hacer sorprendentes piruetas. Por eso, desde que Dante la dejó en el suelo, ella comenzó a saltar como si de repente hubiera enloquecido; tan pronto se encaraba con uno, como con otro.

—¡Quiero a ese ser humano de mi tamaño! —gritaba—. ¡Aún estoy soltera y creo que podría casarme con él!

—¡No te casarás con él! —replicaba Dante y protegía la caja con sus dos brazos.

—Al otro lado del Desierto Impenetrable tengo un rebaño de ovejas, otro de cabras y más de un centenar de vacas lecheras. Os daré la mitad de todos mis rebaños por él.

—¡No hay trato! —dijo Demetrio.

—Pensad que soy un hada solitaria y mis poderes son muy grandes. Puedo utilizarlos contra vosotros.

—No lo harás —dijo en esta ocasión Lorena.

—¡Lo haré! ¡Conseguiré que el infortunio se meta dentro de vuestras vidas y os haga muy desgraciados! Lamentaréis haberme conocido.

—No lo harás.

—¡Mierda, mierda, mierda!

Recogieron sus cosas y, desoyendo las amenazas y proposiciones del hada, continuaron por el camino. El hada se quedó pataleando entre las piedras al ver que no podía hacer realidad sus deseos, aunque su enfado se le pasó pronto y, dando enormes saltos, como acostumbraba, los siguió y trató de confundirles.

—¡Os habéis equivocado de camino! ¡Ja, ja, ja! —gritaba—. ¡Por aquí nunca llegaréis al Oráculo!

Pero ninguno de los tres le hacía caso y continuaban andando. Ya notaban los días que llevaban de marcha y las fuerzas no eran como al principio. Les dolían los pies, que estaban llenos de ampollas y rozaduras, y tenían agujetas en las piernas. Además, como no se habían podido lavar desde la partida, se sentían sucios y sudorosos, y tenían la sensación de que podían olerles a mucha distancia.

—¿Me habéis oído? ¡Por aquí nunca llegaréis al Oráculo! —el hada no se cansaba de saltar ni de gritar—. ¡Sólo yo puedo enseñaros el camino correcto!

Tuvieron que soportarla durante toda la mañana. A veces, delante, dedicándoles toda clase de insultos e improperios. A veces, detrás, tratando de desmoralizarlos diciendo que nunca llegarían al Oráculo. A veces, saltando sobre sus cabezas, intentando confundirlos con sus gritos y sus risas estridentes.

—Escuchadme un momento. Estoy dispuesta a daros por ese pequeño ser humano no la mitad de mis rebaños sino, incluso, mis rebaños enteros. Ovejas, cabras, vacas...

—¡No!

—¡Mierda, mierda, mierda!

Al mediodía notaron cómo el camino empezaba a estrecharse poco a poco, al tiempo que ascendía bruscamente por la ladera de una montaña. Esa pendiente, larga y prolongada, estaba a punto de acabar con su maltrecha resistencia física y con su moral. Lorena empezó a albergar dudas y, por primera vez, pensó que a lo mejor el hada tenía razón y ese camino no era el correcto.

—¡Vamos, muchachos, la cuesta no puede durar siempre! —Demetrio se mostraba firme y trataba de dar ánimos, a pesar de que cada paso le costaba un trabajo extraordinario.

Los muchachos, contagiados por el esfuerzo del zapatero y por la seguridad que transmitía, apretaban los dientes y continuaban andando. Dante concentraba su pensamiento en su padre, que seguía dentro de la caja, y eso parecía darle fuerzas. Lorena sólo pretendía que acabase de una vez la historia que estaban viviendo, esa aventura increíble que podía convertirse con facilidad en la más horrible de las pesadillas. Era una aventura muy atractiva para ser contada, pero insufrible para ser vivida.

La única que no parecía notar la cuesta arriba era el hada, que seguía brincando de acá para allá, dando gritos, maldiciendo, amenazando y enrabietándose.

—¡Me quiero casar, me quiero casar! ¿Es que no podéis entenderlo?

—Déjanos en paz, hada —replicaba Demetrio.

—Que decida el pequeño ser humano que lleváis en la caja de cartón.

—De acuerdo. Lo decidirá él, pero después de que hayamos encontrado al Morador del Oráculo.

—¡Mierda, mierda, mierda!

Tras más de dos horas de ascenso, el camino comenzó a abrirse y formó una especie de explanada rocosa, circular, jalonada por multitud de picachos con formas caprichosas, a veces, divertidas; a veces, inquietantes. Unos parecían guerreros armados; otros, gigantes enfurecidos; otros, guardianes pacientes; otros, feroces criaturas a punto de atacar; otros, laberintos impenetrables...

Los tres se detuvieron sobrecogidos. No habían visto en su vida un lugar semejante. Todas aquellas piedras que les rodeaban parecían que se cerraban sobre ellos, impidiéndoles incluso darse la vuelta. Era como si les estuvieran diciendo que ya sólo les quedaba una última posibilidad y una única salida: continuar adelante. Se sentían observados y vigilados por aquellas masas rocosas. El silencio era tan denso que daba la sensación de que hasta podía tocarse con los dedos de las manos.

—¿Habremos llegado ya? —se preguntó Demetrio en voz alta.

—¡Nooo! —el hada reapareció de improviso—. ¡No, aún!

—¿Dónde está?

—Os lo diré con una condición —rio el hada.

—No admitimos condiciones.

—Os lo diré si a cambio me entregáis al ser humano de pequeño tamaño que lleváis en la caja.

—¡Nooo! —gritó esta vez Dante.

—No necesitamos tu ayuda —intervino Lorena, molesta con la insistencia y los chantajes del hada—. Déjanos en paz. Además de mala, eres odiosa y pesada.

Nada más pronunciar estas palabras, se dijo Lorena que lo que había dicho sólo podía contribuir a complicar más las cosas, pues no podrían dar un paso más si alguien no les indicaba en qué dirección hacerlo. Tenía que haberse mordido la lengua y haber actuado con más tacto.

Menos mal que Demetrio empleó otros métodos. Se acercó al hada y, con una voz suave y pausada, le dijo:

—Sólo hay un motivo que nos impide acceder a tus deseos.

—¿Qué motivo? —preguntó ella de inmediato.

—El fin de nuestro viaje es llevar al pequeño hombre de la caja de cartón al Morador del Oráculo. ¿Lo entiendes? No podemos abandonarlo ahora, ni entregártelo a ti. No lo haríamos ni por todo el oro del mundo. Pero te aseguro que, cuando veamos al Morador, él mismo podrá elegir y decidir. Y es muy posible que se sienta atraído y seducido por tus encantos, que son muchos.

Los halagos del zapatero remendón hicieron mella en el hada.

—¿De verdad?

—Eso salta a la vista. Eres más que guapa. Eres... preciosa. Tu belleza cautiva a cualquiera, lo mismo que tu gracia, tus maneras delicadas, tu simpatía, tu voz cantarina...

—¿De verdad te parezco guapa? —el hada comenzó a pavonearse—. Yo pensé que sólo era resultona.

—Nunca he visto un hada tan bella como tú.

Lorena estaba pasmada. Demetrio era un genio de la interpretación y de la adulación. Y, además, era muy listo.

Había descubierto enseguida el punto débil del hada y había puesto en marcha una estrategia para llevarla a su terreno y conseguir lo que se proponía. Pensó que, desde que lo conocía, casi desde que tenía uso de razón, el zapatero remendón no había dejado de sorprenderla ni un solo momento. Se dijo que en el futuro, si es que conseguían salir alguna vez del Desierto Impenetrable, no lo iba a perder de vista y, si él quería, a pesar de la evidente diferencia de edad, lo incluiría entre sus mejores amigos. Demetrio era una inagotable caja de sorpresas.

—Ahora, hermosa y encantadora hada, sólo tienes que decirnos por dónde debemos continuar para llegar al Oráculo.

—Seguidme.

La estrategia de Demetrio había dado resultado. El hada, dando grandes saltos, atravesó la explanada y les situó frente a uno de los puntos más angostos de aquel paisaje que se cernía sobre ellos, en un lugar donde las rocas parecían haber sido retorcidas por las manos robustas de un gigante caprichoso y juguetón. En la base de aquel conjunto rocoso, como dos ojos acechantes, se abrían las bocas de dos cuevas oscuras.

—Por allí —se limitó a decir el hada.

—¿Te refieres a esas cuevas? —preguntó Demetrio.

—Cualquiera de esas dos cuevas os llevarán al Oráculo y allí encontraréis a ese majadero. Quiero decir... al Morador.

Lorena se dio cuenta de que la historia volvía a repetirse. Desde que habían entrado en el Desierto Impenetrable siempre habían tenido que elegir entre dos posibilidades. Por eso, aunque el hada les aseguraba que cualquiera de las cuevas les llevaría hasta el Oráculo, pensó que tenía que haber algo más.

—¿Debemos elegir la de la derecha o la de la izquierda? —preguntó.

—La cueva de la derecha es profunda y grande. Debéis seguir siempre el camino, aunque dé mil vueltas y rodeos. Tardaréis mucho tiempo en recorrerla de un extremo a otro, pero al final encontraréis una salida. Allí está el Oráculo.

—¿Y la de la izquierda? —volvió a preguntar Lorena.

El hada dio un tremendo salto, superando con mucho la altura de sus cabezas. Luego, se dejó caer lentamente, como si su aura hiciera las veces de paracaídas. Al pasar por delante de la cabeza de Lorena, frunciendo su ceño y endureciendo sus palabras, dijo:

—¡Nadie se ha atrevido jamás a internarse por la cueva de la izquierda! ¡Nadie!

Después de oír las últimas palabras del hada, a Lorena no le cupo la menor duda de qué cueva deberían elegir.

Y fue Dante, como de costumbre, el primero que echó a andar. Decidido, se dirigió hacia la cueva de la izquierda, con la caja de zapatos bien sujeta entre sus manos.

—Estamos llegando, papá. Falta muy poco. Ten confianza en tu hijo.

Lorena y Demetrio lo siguieron de inmediato.

—¡Nadie se ha atrevido! —repitió el hada—. ¡Mierda, mierda, mierda!

SEÑALES

Apenas habían caminado treinta o cuarenta metros por el interior de la cueva cuando se dieron cuenta de que no llevaban linternas ni nada que pudiera iluminarlos. La luz se extinguía por momentos y a oscuras les iba a resultar imposible continuar. Demetrio registró sus bolsillos y sacó un mechero de gas. Lo encendió y lo apagó. Aquella llamita era una insignificancia comparada con la inmensidad de la cueva, pero de algo les serviría. No obstante, decidió reservarlo para el momento en que la oscuridad fuera total.

Pero a medida que avanzaban descubrieron que en ningún momento llegaban a quedarse completamente a oscuras, ya que aquella cueva estaba llena de grietas, y algunas de ellas comunicaban directamente con el exterior, dejando pasar pequeños cuchillos de luz. Esas grietas también renovaban el aire y resultaba muy agradable la temperatura, que era fresca, muy distinta de la de fuera. Daba gusto respirar profundamente. Además, lo que les rodeaba por todas partes era un verdadero espectáculo para la vista y para la emoción: miles y miles de estalactitas y estalagmitas con las formas más caprichosas que uno pueda imaginarse; bóvedas enormes, como las de una catedral; inmensas columnas que parecían diseñadas por el más visionario de los artistas. Y todo, más que visto con claridad, intuido en aquella semipenumbra.

A veces no podían evitarlo, y se detenían unos segundos para extasiarse con aquella visión.

—¡Maravilloso! —exclamaba Demetrio—. ¿Habéis visto algo parecido?

—Yo visité una cueva con mis padres el verano pasado, en vacaciones —comentaba Lorena—. Pero ésta es mucho más grande y más impresionante.

—Yo sólo he visto una cueva en la tele —añadía Dante—. Y no era como ésta.

—Recordadla bien. A lo largo de la vida vemos muy pocas cosas que merezcan la pena, cosas dignas de no ser olvidadas.

Pensó Lorena que esta última recomendación de Demetrio no había hecho falta, pues ella estaba convencida de que no iba a olvidarse nunca de todo lo que le había sucedido desde que encontró a Benjamín Rocaseca. Por supuesto, recordaría aquella cueva impresionante, pero recordaría también todo lo demás. ¿¡Cómo olvidarlo!?

De pronto, llegaron a una sala inmensa, circular, salpicada de retorcidas columnas y recubierta de puntiagudas estalactitas que colgaban de todas partes. La luz se hizo más intensa gracias a una grieta de gran tamaño que había en el techo. Pero en esta ocasión, ninguno de los tres pudo admirar la belleza del lugar, pues descubrieron algo que les llenó de inquietud y preocupación: el camino se ramificaba en seis brazos distintos, y cada uno de ellos seguía una dirección diferente. Ahora sí que tenían un verdadero problema. ¿Cuál era el correcto, el que debía llevarles hasta el Oráculo?

Entonces Lorena creyó vislumbrar algo en uno de aquellos caminos, era como un punto blanco que destacaba en medio de la penumbra. Se adelantó unos pasos y, al mirarlo más de cerca, descubrió que se trataba de una hoja de papel. Se acercó más y la cogió. Aprovechando un hilo de luz, leyó lo que estaba escrito, a mano, con trazos muy grandes.

—¡Por aquí! —gritó, y el eco hizo que su voz rebotase como una pelota por las paredes de la cueva.

Demetrio y Dante se acercaron y Lorena les enseñó el papel. Ellos también pudieron ver las dos palabras que estaban escritas: «POR AQUÍ».

Siguieron el camino que señalaba, mientras se preguntaban quién lo habría puesto allí y con qué intención.

—¿Y si ese papel lo ha colocado el hada para confundirnos? —Lorena se hizo la pregunta en voz alta.

—Si quería despistarnos, lo mejor era no poner nada —respondió Demetrio—. ¿Qué mayor confusión que estar delante de seis caminos y no saber cuál tomar? No creo que lo haya puesto ella.

El razonamiento de Demetrio parecería lógico. Por eso, Lorena empezó a pensar en otras posibilidades. Lo incuestionable era que aquel papel escrito revelaba que alguien sabía que estaban allí, y ese alguien parecía querer ayudarlos, guiarlos. Pero guiarlos... ¿Adónde? ¿Al Oráculo?

El nuevo camino se internaba por una galería larguísima y abovedada, que en su mayor parte transcurría en línea recta. Parecía uno de esos oscuros túneles del metro, pero sin raíles ni cables. Sus pasos, amplificados por la resonancia, retumbaban como pisadas de elefante. Y hasta a ellos mismos les daba miedo su propio caminar.

Al final de aquella galería, el camino adquirió una forma sorprendente, retorciéndose sobre sí mismo como si fuera una espiral, y se dividió en dos: hacia un lado ascendía y hacia el otro descendía.

Ninguno de los tres pudo disimular su fastidio. Estaban hartos de caminar y de encontrarse con continuos dilemas. ¿Cuándo terminaría aquella pesadilla? ¿Cuándo llegarían al Oráculo? ¿Cuándo encontrarían al Morador?

—Y ahora... ¿qué hacemos? —dijo Dante angustiado, consciente de que si la situación se prolongaba durante más tiempo nadie podría hacer nada por su padre, ni siquiera el Morador del Desierto Impenetrable.

Entonces Lorena creyó ver algo en el camino que ascendía. Se acercó hasta allí y se agachó. Recogió un pequeño objeto del suelo y lo miró. Luego, a gatas, avanzó unos metros y recogió otro. Y, más adelante, otro.

—¿Qué es eso? —preguntó Demetrio intrigado.

—Migas de pan —respondió Lorena.

—Entonces tenemos que seguir por ese camino —dijo Demetrio con euforia—. ¿Recordáis el cuento de Pulgarcito? Alguien ha tirado esas migas para que no nos perdamos.

Mientras ascendían por el zigzagueante camino, con la lengua fuera y los ánimos maltrechos, Lorena no dejaba de preguntarse por qué no daba la cara quien pretendía guiarles con aquellas señales. Sería más fácil unirse a ellos y acompañarlos. ¿A qué se debía tanto misterio? ¿Por qué jugaba con ellos como si fueran personajes de un cuento infantil?

—¡Esto no es un cuento! —gritó Lorena para desahogarse—. Quien quiera que seas... ¡esto no es un cuento para niños!

—No despilfarres tus energías —le reprochó Demetrio.

—¡Estoy harta!

—Todos estamos hartos, pero el final está cerca. Creo que nos estamos acercando al Oráculo.

Y como en realidad no tenían otra posibilidad, continuaban caminando sin descanso, ascendiendo por aquella especie de rampa que parecía interminable. La escasez de luz no les permitía ver la altura que estaban alcanzando ni el desnivel, casi vertical, que se abría a ambos lados del camino, es decir, al lado mismo de sus pies. Un resbalón, una simple piedra que se moviera de su sitio, una torcedura de tobillo inoportuna, podían resultar fatales.

Cuando terminó aquel ascenso agotador, notaron que el aire se volvía un poco más cálido y la luz, que provenía de dos puntos distintos, se hacía más intensa. Se encontraban ahora en una zona despejada, muy amplia y bastante llana. Todo parecía indicar que la salida de la cueva se encontraba muy próxima. Esta circunstancia les dio ánimos y les hizo olvidarse por momentos de la fatiga acumulada.

Pero su alegría pronto volvió a toparse con otra dificultad, parecida a las anteriores. Una vez más el camino se bifurcaba, y los caminos resultantes se dirigían hacia cada uno de los puntos de donde provenía la luz. Se encontraban ante un nuevo dilema.

—Hay una cosa en la que el hada tenía razón —dijo Lorena, visiblemente enfadada.

—¿En qué? —preguntó Demetrio.

—Tenía razón cuando exclamaba... ¡mierda, mierda!

Dante se había acercado al lugar exacto de la bifurcación. Había dejado la caja de zapatos en el suelo y miraba atentamente por los alrededores en busca de una nueva señal.

De pronto, un ladrido los asustó. Buscaron con la mirada y descubrieron a un perro, que se había acercado hasta la caja de zapatos y husmeaba con curiosidad en su interior. Dante se lanzó en plancha y consiguió apoderarse de ella.

—¡Fuera de aquí! —gritó al perro.

El animal retrocedió unos pasos y comenzó a andar por uno de los caminos. Al cabo de unos metros se detuvo y volvió la cabeza. Ladró de nuevo y continuó la marcha.

—¡Ésa es la señal! —dijo Demetrio emocionado—. ¡Tenemos que seguirlo! Él nos sacará de aquí y nos llevará hasta el Oráculo.

Ni Dante ni Lorena pensaron si lo que decía Demetrio tenía sentido o no, simplemente se limitaron a caminar detrás de aquel animal.

Se trataba de un perro de lo más vulgar, posiblemente cruce de muchas razas. Era más pequeño que grande, más viejo que joven, paticorto, con las orejas tiesas y puntiagudas, de hocico muy largo, sin rabo y de un color imposible de definir, pues tenía tantas manchas en su piel que parecía la paleta de un pintor. Caminaba de una forma muy graciosa, con la cabeza muy alta, como si fuera el periscopio de un submarino oteando la superficie del mar, y moviendo graciosamente sus patas en un compás bastante desacompasado.

De vez en cuando, se paraba y volvía la cabeza como para cerciorarse de que le seguían. Después, lanzaba un ladrido al aire y reanudaba la marcha con un brinco ridículo.

No tardaron mucho tiempo en darse cuenta de que el perro les iba a sacar de aquella cueva, pues la luz aumentaba de manera constante y el calor volvía a sentirse con intensidad. El camino prácticamente había desaparecido, pero no había ninguna posibilidad de perderse, pues las paredes rocosas no permitían caminar en otra dirección.

Pronto se recortó ante su mirada una enorme bola de luz, radiante, cegadora. Era la salida de la cueva. Emocionados, intuyendo que estaban a punto de llegar al Oráculo, avivaron el paso y dieron alcance al perro, que seguía a su ritmo, sin inmutarse lo más mínimo.

Como aún tardaron un rato en llegar a la salida, sus ojos se fueron acostumbrando poco a poco a la claridad, lo que impidió que se quedaran ciegos al llegar al exterior.

Se detuvieron en seco. Sus respiraciones aceleradas y algún ladrido ocasional del perro, que se había parado también a su lado, eran los únicos sonidos que podían oír. Observaron con ansiedad el nuevo paisaje que tenían delante, que no se diferenciaba mucho del resto de aquel desierto: rocas, rocas y más rocas.

La decepción empezaba a hacer mella en ellos. Nada indicaba que hubiesen llegado al Oráculo. Se miraron y, como en otras ocasiones, se interrogaron con los ojos. Pero ninguno tenía respuesta a las preguntas que flotaban en el aire, como esas nubes de tormenta que crecen y crecen sin parar hasta que sobreviene la tempestad. ¿Y cuándo llegaría para ellos?

El perro echó a andar y, sin pensar en nada más, lo siguieron. Nada indicaba que ese perro pudiera conducirlos a su destino. Se estaban comportando como autómatas, como muñecos de pilas que caminan en la dirección en que los colocan, como un ejército derrotado que vaga sin saber adónde dirigirse.

Pero, de pronto, una nueva hoja de papel, pillada entre dos piedras, les llamó la atención. Lorena la cogió enseguida y se la mostró a los otros. Sólo había escrita una palabra: «HOLA».

Intrigados siguieron la marcha o, para ser exactos, siguieron a aquel perro. Por donde se movían ahora ya no había caminos, pero la superficie del terreno era bastante plana, lo que, unido a la falta total de vegetación, facilitaba las cosas.

Encontraron una segunda hoja de papel en la que, como en la anterior, sólo había escrita una palabra: «BIENVENIDOS».

—¡Es él! —gritó Dante—. ¡Tiene que ser el Morador!

—¿Y por qué no sale personalmente a recibirnos y se deja de jugar? —se preguntó Lorena—. ¡Estoy harta de tanto misterio!

—¡Es él! ¡Es él! —dijo Dante a su padre, acercando la cabeza a la caja de zapatos—. Nos acaba de dar la bienvenida, papá... Ya estamos muy cerca, creo que de un momento a otro lo encontraremos... Yo me ocuparé de todo... No, no dejaré que ese perro vuelva a acercarse a la caja... No tengas miedo, papá, no voy a separarme de ti.

Poco después encontraron una tercera hoja de papel, también sujeta entre las piedras. En esta ocasión eran dos las palabras escritas, y se trataba de dos palabras muy enigmática: «SSSSSHHHHH... ¡PUM!»

—¿Qué significará esto? —se preguntó Lorena en voz alta.

—No lo sé —contestó Demetrio negando con la cabeza y atusándose los pocos pelos que le quedaban—. Es muy raro.

Dante echó un vistazo al papel, hizo una mueca muy rara con su rostro y dijo:

—Se trata de un cohete.

—¡Un cohete!

—«Ssssshhhhh» es el ruido que hace cuando se prende la mecha y «pum» el estallido. Creo que el Morador es un tipo muy amable. Primero nos saluda, luego nos da la bienvenida y por último tira un cohete para recibirnos.

Lorena y Demetrio lo miraron sorprendidos, boquiabiertos. Parecía muy lógica la explicación, aunque a ninguno de los dos se le hubiese ocurrido ni por lo más remoto.

—Muchacho, si tienes razón, y creo que la tienes, eso significa que hemos llegado al Oráculo —razonó Demetrio.

Estaban en medio de una llanura rocosa. Miraron en todas direcciones y finalmente creyeron ver una especie de construcción a lo lejos, en la dirección que llevaba el perro.

—Tiene que ser aquello —dijo Lorena.

—¡Vamos! ¡Rápido! —Dante sabía que hasta un segundo podía ser vital.

A medida que se acercaban descubrieron lo que era. No se trataba de un templo ni de un palacio. Tampoco era una fortaleza. Ni siquiera era una casa normal y corriente, con paredes y tejado.

Era una chabola.

Era una chabola que no se diferenciaba en nada de esas casuchas míseras que suele haber en las afueras de muchas grandes ciudades, junto a las carreteras o las vías del ferrocarril, y que producen una sensación inquietante. Las paredes estaban hechas con cartones de envases, plásticos y todo tipo de material de desecho. El tejado era un auténtico puzle, formado por recortes de planchas de cinc, chapas, algunas tejas sueltas de distinta forma, tamaño y color, y otros diversos materiales. Todo él estaba cubierto por un plástico grande, transparente, como esos que se ponen en los invernaderos, sujeto con piedras de mediano tamaño para que el viento no lo arrastrara. En una esquina había una chimenea ennegrecida y en la opuesta, en lo alto de un mástil muy alto, una antena de televisión. En medio, orientadas hacia el sur, un par de placas solares, de las que partían algunos cables que se confundían con los diferentes materiales.

El perro, que había iniciado un trotecillo al sentirse cerca de la casa, llegó antes que ellos y, como si acabase de correr una maratón, se dejó caer junto a la puerta, una viejísima y agujereada puerta, llena de remiendos y cortada justo por la mitad, lo que permitía abrir la parte superior o la inferior de manera independiente.

Fue por esta puerta por la que salió un hombre con un aspecto que no pasaba desapercibido. Su pelo era abundantísimo y lo llevaba muy largo, sucio y enmarañado; daba la impresión de que hacía años que no entraba un peine en su cabeza. No llevaba barba, pero estaba claro que hacía varios días que no se afeitaba. Sus ropas eran reliquias de tiempos pasados: gastadas, rotas, sucias, sin botones... Sus zapatos, abiertos por las punteras, parecían bocas hambrientas a punto de lanzarse sobre una presa.

Este individuo comenzó a mover los brazos, haciendo grandes aspavientos, para que lo vieran. En su boca, en la que en todo momento parecía estar haciendo equilibrios un palillo ennegrecido, se dibujaba una amplia sonrisa.

Su presencia no pasó inadvertida para Lorena, Dante y Demetrio. Los tres, sorprendidos por lo que tenían delante, y decepcionados, pues pensaban que su búsqueda no había terminado, se acercaron hasta él. Fue Demetrio quien preguntó:

—¿Quién eres?

—Soy el Morador del Oráculo del Desierto Impenetrable —respondió aquel tipo sin perder la sonrisa.

Luego se metió un dedo dentro de una oreja, lo agitó con fuerza, escupió el palillo, se subió un poco los pantalones, que llevaba atados con una cuerda, y, sin ningún recato, se tiró un pedo.

EL MORADOR

Superada la impresión inicial, Lorena, Dante y Demetrio aceptaron sin reticencias que aquel hombre andrajoso y de no muy educados modales fuese el Morador del Oráculo del Desierto Impenetrable. Quizá influyó en ellos el deseo que tenían de encontrarlo, la necesidad de poner fin a la pesadilla que estaban viviendo. No obstante, el propio Morador se encargó de dar algunas explicaciones para que comprendiesen mejor su situación y su estado tan lamentable.

—Ya sé que esperabais encontrar otra cosa —dijo—. También sé que mi aspecto, un poco desaliñado, no es el que debería corresponder a una persona como yo. Pero... las cosas son así.

—No nos importa tu aspecto, lo que nos importa es... —intentó explicar Lorena.

—Pero estoy encantado de veros por aquí —la cortó el Morador—. Ya he perdido la cuenta de los años que han pasado desde que no veía a seres humanos, como vosotros. ¡Qué alegría!

—Nosotros también estamos contentos de verte —dijo Demetrio.

—Me he permitido prepararos una cena en el interior de mi casa —y señaló la chabola—. Espero que aceptéis mi techo para pasar la noche. Es un placer para mí compartir mis humildes pertenencias con vosotros.

Al oír aquellas palabras, los tres cayeron en la cuenta de que pronto anochecería y de que habían vuelto a pasar la jornada entera de marcha. Eso, y los días que habían transcurrido, justificaba el cansancio que sentían. Pensaban que no había otra cosa en el mundo que pudiera venirles mejor que una buena cena y un buen descanso, pero el motivo que les había llevado hasta allí se anteponía a todos los demás deseos.

—Hemos hecho un largo viaje hasta encontrarte —Demetrio hizo intención de contarle todo e ir al grano cuanto antes.

—Lo sé —le cortó el Morador—. He estado informado de todos vuestros pasos desde que salisteis de la ciudad. Por cierto, ¿ha cambiado mucho vuestra ciudad en los últimos años?

—Sí —reconoció Demetrio.

—Y el equipo de fútbol, ¿continúa aún en Primera División?

—No sé nada de fútbol.

—A mí me encanta.

—El año pasado fuimos subcampeones —intervino Dante, que se mostraba nervioso, tenso, esperando el momento en que el Morador dejase que le explicasen el motivo de su viaje.

—¡Fantástico! —gritó—. Desde aquí sólo puedo ver algunos partidos, y con interferencias. Esta antena no da para más. Y, además, los paneles solares que me proporcionan electricidad necesitan una urgente renovación. Si volvéis a hacerme una visita más adelante espero que me traigáis una de esas antenas parabólicas.

—Lo haremos —dijo Demetrio—. Pero ahora nos gustaría que nos escuchases un momento.

—Por supuesto. Yo soy de las personas que sabe realmente escuchar.

—Hemos venido hasta aquí porque...

—¡Y los dibujos animados! —volvió a interrumpirle el Morador—. Me entusiasman los dibujos animados. Y también la información del tiempo, aunque en este desierto el tiempo nunca cambia. Espero que no os olvidéis de la antena parabólica.

—Es urgente —se atrevió a decir Dante—. Realmente, muy urgente.

—¿Qué es urgente? —preguntó el Morador.

—Se trata de mi padre —continuó Dante—. Está en la caja de zapatos.

—¡Ah! No te preocupes —respondió el Morador, sin mostrar preocupación por la angustia del muchacho—. Te diré una cosa. Si hay algo claro en este desierto es que la urgencia no existe. ¡Ja, ja, ja! Decidme una cosa: ¿quién ha ganado este año el Festival de la Canción de Eurovisión? Las interferencias no me dejaron ver la votación final.

Lorena, Dante y Demetrio se miraron. Su sorpresa inicial se estaba convirtiendo en perplejidad y enfado. ¡Cómo podía mostrarse el Morador tan insensible y ajeno a sus angustias! Intentaban una y otra vez plantearle el problema que tenían, pero él siempre respondía con preguntas absurdas.

—¿Acabaron ya aquel puente sobre el río? ¿Siguen aparcando los coches en doble fila? ¿Cuáles son las películas que se han estrenado esta temporada? ¿Continúan haciendo tanto ruido los camiones que recogen la basura? ¿Aún circulan por la izquierda los coches en Gran Bretaña?

Lorena estaba a punto de estallar. No podía soportar más tiempo esa situación ni a aquel individuo, que le parecía de lo más estúpido y odioso. Empezaba a pensar que el viaje había sido inútil.

—¡Mira dentro de la caja! —gritó de pronto.

Al Morador se le congeló la sonrisa y, sorprendido por el grito, se quedó mirando a la muchacha. Luego, volvió la cabeza hacia Dante, quien estiró ligeramente los brazos para que pudiera ver la caja. El Morador se acercó y, por fin, se dignó mirar al interior.

—Interesante —dijo—. Había una tribu en la Amazonía que reducía cabezas humanas. ¿No habéis oído hablar de ella? Veo que han progresado mucho y ahora son capaces de reducir el cuerpo entero y, además, sin necesidad de matar a la víctima.

Pensó Lorena que aquel tipo estaba loco de remate, o lo fingía. No podía considerarse normal nada de lo que hacía o decía. ¡Cómo podía explicarse sino aquella alusión a una tribu de la Amazonía! ¡Cómo podía decirse semejante disparate!

—No sé si eres el Morador o un impostor —siguió hablando Lorena, sin ablandar el tono de su voz—. No sé si la soledad y el calor del desierto te han vuelto majareta. Pero ahora vas a tener que escucharnos.

—Me encanta escuchar.

—Pues lo disimulas muy bien.

—Pasemos al interior de mi casa. Allí estaremos más cómodos. Estoy seguro de que agradeceréis una silla después del esfuerzo que habéis hecho.

Y, sin decir más, se volvió y echó a andar hacia la chabola. Todos lo siguieron, sabedores de que en realidad estaban en sus manos. Abrió la puerta y con un gesto exagerado los invitó a entrar.

Al pasar de la luz cegadora del exterior a la penumbra del interior, perdieron durante unos segundos toda visión y prácticamente tuvieron que moverse tanteando los objetos. Luego, sus pupilas se fueron adaptando y descubrieron que el interior de la casa del Morador no difería mucho del exterior: los mismos cartones, los mismos plásticos, las mismas planchas de metal, las mismas láminas de cinc... En el centro había una mesa muy vieja y alrededor cuatro sillas, todas diferentes. Del techo colgaba una bombilla encendida, que daba una luz débil y amarillenta, en parte por su poca potencia y en parte también por la suciedad acumulada. Y sobre una piedra lisa de gran tamaño, que debía de estar allí antes de construir aquella casucha, había un aparato de televisión bastante antiguo, de esos que tienen la pantalla redondeada y abultada, como si las imágenes en movimiento los hubieran preñado.

—Sentaos.

Se acomodaron en las sillas alrededor de la mesa. Dante colocó la caja de cartón justo en el centro. El Morador también tomó asiento, pero antes de que pudiera abrir la boca, Lorena volvió a tomar la palabra con decisión y comenzó a hablar sin hacer pausas, para que aquel tipo no pudiera interrumpirla.

—Se llama Benjamín Rocaseca y es un escritor conocido. Sus novelas tienen mucho éxito. Además, hace unos meses publicó un libro de literatura infantil, *La mariposa de siete colores*. Lo encontré dentro de esta caja de zapatos hace unos cuantos días. Él me explicó que había empezado a menguar y que, por más que lo había intentado, no había encontrado una explicación a este extraño fenómeno. Estaba desesperado. Me dio mucha pena y me lo llevé a mi casa, donde lo escondí en una casa de muñecas. Luego, localicé a Dante, que es su hijo, y juntos fuimos a ver a Demetrio, porque de su taller salió la caja con Benjamín dentro. Como yo estaba leyendo un libro sin pastas, al que le faltan las primeras páginas, que habla del Desierto Impenetrable y...

—No hace falta que sigas.

El Morador hizo un gesto con sus brazos, como dando a entender que no era preciso que le contase más cosas.

—¿Por qué?

—Creo que ya tengo la respuesta.

—¿Seguro?

—No estaré seguro hasta que no la consulte con mi oráculo particular, pero creo que estoy en el buen camino. Ahora necesito hacer algunas averiguaciones.

—Si podemos ayudarte... —intervino Demetrio.

—Lo primero es saber cuánto tiempo le queda a este hombrecito antes de desaparecer. Para eso necesito que me digáis cuándo empezó a notar que menguaba.

Dante, al que no le había hecho gracia que el Morador se refiriese a su padre llamándole «hombrecito», introdujo una de sus manos en la caja de cartón y, con gran delicadeza, lo ayudó a incorporarse. Lorena y Demetrio se sorprendieron al comprobar que el escritor no medía ni siquiera diez centímetros.

—¿Has oído, papá? El Morador necesita saber cuándo empezaste a menguar. ¿Lo recuerdas?

Benajamín dijo algo, pero su voz era ya tan débil que nadie pudo entenderlo.

—Su voz también ha menguado —razonó Demetrio—. Va a resultar imposible oírle.

—Yo tengo la solución —contestó el Morador.

Se levantó de su silla y rebuscó en uno de los rincones de la chabola, que estaba lleno de trastos amontonados. Finalmente, encontró un viejísimo radiocasete y un micrófono, que conectó al aparato. Éste, a su vez, lo enchufó a una clavija que había en el mismo casquillo de la bombilla. Luego, lo conectó y manipuló los botones. Después, introdujo el micrófono dentro de la caja de zapatos, sobre el jersey de lana, a la altura de la cabeza de Benjamín Rocaseca. El micrófono era mucho más grande que el escritor.

—Buena idea —exclamó Demetrio al darse cuenta de lo que estaba haciendo.

—Habla por aquí —dijo el Morador a Benjamín.

—Acércate al micrófono —Dante animó a su padre.

Benjamín hizo lo que le decían y, con la cabeza pegada a aquel micrófono, dijo:

—Seis meses.

—Seis meses —repitió el Morador—. Muy bien. Ése es el dato que me hacía falta.

Después, comenzó a realizar mentalmente extrañas operaciones matemáticas, susurrando números y más números, con la mirada perdida y ayudándose con extraños movimientos de sus manos. Sus labios no dejaban de moverse a gran velocidad. Todos lo observaban con asombro.

—¡Ya está! —exclamó al cabo de un rato—. Podemos cenar tranquilos.

—¿Qué quieres decir?

—Según mis cálculos este hombre no desaparecerá hasta dentro de tres días, ocho horas y cuarenta y dos minutos. No... cuarenta y uno. Por tanto, tenemos tiempo para cenar tranquilos.

—¿Qué me ocurre? —preguntó Benjamín por aquel micrófono—. ¿Podrás curarme?

—Más que curarte. Te diré lo que tienes que hacer para curarte.

—¡Dímelo ya!

—No puedo. Es hora de cenar. Además, tengo que consultarlo con mi oráculo particular. Mañana, cuando amanezca, te daré la solución.

—¡No puedo esperar!

—Sí que puedes, te quedan más de tres días.

—¡No puedo soportar más tiempo esta pesadilla!

—Tendrás que aguantar un poco más.

—¿Por qué?

—Porque es la hora de cenar.

El Morador se desentendió de Benjamín Rocaseca. Desenchufó el radiocasete y despejó la mesa. Dante, por supuesto, volvió a hacerse cargo de la caja de cartón cuando una avalancha de latas en conserva comenzó a aterrizar sobre el tablero.

—He preparado una cena magnífica.

Como no habían probado bocado desde el desayuno, todos mostraron buen apetito y devoraron aquella variopinta comida: albóndigas, menestra de verdura, calamares en su tinta, jureles en aceite, espárragos, mejillones picantes, alcachofas... Abrían una lata detrás de otra y, con unos rudimentarios tenedores de madera o, incluso, con los dedos, daban buena cuenta de los manjares.

—¿Qué? ¿Os gusta? —preguntaba de vez en cuando el Morador.

—Sí —respondía alguno de ellos con la boca llena.

—Pues no dejéis nada en la lata.

De postre abrieron un bote grande con piña en almíbar y acabaron hasta bebiéndose el caldillo que quedó en el recipiente.

Dante pensó que su padre tendría de sobra con un mejillón. Lo pinchó y se lo aproximó. Pero enseguida se dio cuenta de que aquél era más grande que su cabeza. Por eso, se limitó a partirle un trocito y a acercárselo con cuidado.

—Estamos a punto de conseguirlo, papá... Ha dicho que mañana temprano resolverá el problema... Aguanta un poco más. Ya sé que es difícil, pero debes sentirte animado y con esperanza... Estoy seguro de que falta muy poco, sólo unas pocas horas... Ten confianza. Piensa que yo me ocuparé de ti siempre. No te abandonaré. Te protegeré de todos los peligros... Sólo un poco más, papá, sólo un último esfuerzo.

El Morador se aflojó la cuerda que le ceñía los pantalones y, llevándose las manos a la barriga, suspiró.

—¡Qué pena!

—¿De qué te lamentas? —preguntó Demetrio.

—De lo que todo esto pudo haber sido y no fue.

Al pronunciar estas palabras el Morador abrió los brazos, como intentando abarcar la totalidad de las cosas que le rodeaban.

—¿A qué te refieres?

—¡A qué va ser! Al Desierto Impenetrable.

—Creo que no te entiendo.

Demetrio estaba ansioso porque el Morador le contase algo más, intuía que había una historia apasionante detrás de aquel personaje estrafalario y de aquel desierto.

—Hace cuarenta años, cuando todos nosotros éramos muy jóvenes, empezamos a pensar seriamente en ello —dijo.

—¿A quién te refieres?

—Pues a esa mujer gorda que encontrasteis en la gasolinera, en la entrada del desierto, a su difunto marido, al monstruo, a la bruja, al dragón, al hada y a mí mismo

—¿Y en qué pensabais tan seriamente?

—Era una operación de gran envergadura. Utilizando como modelo el monstruo del lago Ness, decidimos montar un complejo turístico alrededor del Desierto Impenetrable. En una segunda fase convertiríamos el complejo en un parque temático.

—Si tú participaste en el proyecto, eso quiere decir que todo es una farsa, que todo es mentira —razonó Demetrio.

—¡Aquí nada es mentira! —le corrigió un poco molesto el Morador—. ¿Acaso el monstruo de la encrucijada no era un monstruo de verdad, lo mismo que la bruja, el dragón y el hada? Nosotros no íbamos a engañar a nadie. No pensábamos inventarnos una patraña como la del lago Ness.

—¿Y qué pretendíais? —preguntó Lorena, igualmente sorprendida.

—Pues ¡qué vamos a pretender! —el Morador parecía molesto por la falta de comprensión de sus invitados—. Pretendíamos forrarnos, como todo el mundo. Hacernos ricos, millonarios, multimillonarios... Esperábamos que los turistas acudieran en masa y se dejasen aquí su dinero, como hacen en otras partes del mundo. Pero algo salió mal.

El Morador había conseguido captar la atención de los dos muchachos y del viejo zapatero, lo mismo que de Benjamín Rocaseca, que se empinaba en el interior de la caja de zapatos para no perderse detalle de aquella historia.

—¿Qué salió mal? —preguntó enseguida Demetrio, cuando observó que el Morador hacía una pausa.

—No pasa un día sin que me haga esa pregunta —prosiguió—. ¿Qué salió mal? Sólo encuentro una explicación: nosotros ofrecíamos algo real, auténtico, verdadero. Pero los turistas sólo quieren decorados de cartón, leyendas disparatadas, patrañas y tiendas de *souvenirs*. Nosotros ofrecíamos un desierto de verdad, un monstruo de carne y hueso, una bruja horripilante, un dragón que hasta echaba fuego por la boca, un hada traviesa y, por último, un hombre sabio que pasaba sus días en un oráculo. Y a pesar de todo no funcionó.

—Eso explica la existencia de los caminos —razonó Lorena, que desde el momento en que se habían internado en aquel desierto se había sorprendido de esos caminos que nadie parecía transitar.

—Nosotros mismos los hicimos —continuó el Morador—. Trabajamos muy duro, aunque reconozco que el mayor mérito corresponde al monstruo. Él tiene una fuerza descomunal.

Demetrio daba vueltas a aquella historia dentro de su cabeza. Aunque extraña y disparatada, parecía tener sentido. Pero había una cuestión que necesitaba aclarar cuanto antes, pues le parecía de vital importancia para ellos.

—¿También es real el Morador del Oráculo? —preguntó.

—¿Es que no me ves? Tienes al Morador delante de tus ojos.

—Quiero decir que si eres tan sabio como se cuenta. ¿O eso sólo era un reclamo para los turistas?

Esta última pregunta pareció molestarlo. Miró con dureza a Demetrio e hizo un gesto de disgusto.

—No olvidéis que he dicho que todo lo que ofrecíamos era real, y eso incluye también al Morador del Oráculo del Desierto Impenetrable —respondió con dureza—. Mañana vosotros mismos podréis comprobarlo.

—¿Y dónde está el oráculo? —preguntó Lorena, que no hacía más que atar cabos y cabos en su cabeza.

—Os encontráis dentro de él.

—¿Esto?

—No todos los oráculos tienen que ser como el de Delfos, en la antigua Grecia. Un oráculo en realidad no es una edificación, es una respuesta a una pregunta. Y esa respuesta puede encontrarse en muchos lugares.

Entonces Lorena recordó otra cuestión que le había llamado mucho la atención, por eso continuó preguntando:

—¿Y cuál es el oráculo particular que tienes que consultar antes de darnos una respuesta?

—Mi cama —respondió el Morador con rotundidad—. Sólo resuelvo los enigmas después de un buen sueño.

Y dicho esto, se levantó de la silla, se dirigió a un camastro que había en uno de los laterales de la casucha, se quitó los zapatos y, con la misma ropa que llevaba, se tumbó sobre él. Antes de quedarse dormido, dijo:

—Podéis acostaros donde os apetezca.

A los pocos segundos empezó a roncar.

LA RESPUESTA A TODAS LAS PREGUNTAS

Volvió a sorprenderle a Lorena dormir prácticamente toda la noche de un tirón. A pesar de las incomodidades y de las preocupaciones, en cuanto se ovillaba en el suelo no tardaba ni dos minutos en quedarse dormida. Pero se dio cuenta de que lo mismo le pasaba a Dante, que en buena lógica tenía aún más preocupaciones que ella, pues era la vida de su padre la que estaba en juego. Tampoco Demetrio se libraba de esa especie de ataques de sueño. Los justificaba pensando en la fatiga que llevaban acumulada, pues prácticamente desde que habían llegado al Desierto Impenetrable no habían dejado de caminar, y siempre con un calor sofocante.

Cuando Lorena abrió los ojos estaba ya amaneciendo y la luz del sol se filtraba por las grietas de las paredes. Miró a su alrededor y reconoció el interior de la casucha. Ellos finalmente habían dormido en el suelo, sobre unas viejísimas colchonetas de espuma, pues allí no había más camas. Dante estaba a su lado, durmiendo aún, abrazado a la caja de zapatos. El Morador, que mantenía la misma postura en que se había acostado, seguía roncando estrepitosamente.

De pronto, tuvo una sospecha. Giró la cabeza a un lado y a otro y descubrió que Demetrio no estaba. Se incorporó un poco, hasta quedar sentada sobre el suelo, y volvió a escudriñar todos los rincones de aquella estancia. No había ni rastro del zapatero. Zarandeó a Dante para que se despertara. El muchacho abrió los ojos sobresaltado y preguntó:

—¿Qué pasa?

—Demetrio se ha ido.

Los muchachos se levantaron sin hacer ruido y salieron al exterior. Los oblicuos rayos del sol eran cegadores y tuvieron que protegerse los ojos con las manos. Otearon los alrededores, pero no encontraron a Demetrio por ninguna parte.

Entonces, tras una roca grande, oyeron unos ruidos. Eran como golpecitos, como si dos piedras más bien pequeñas estuvieran chocando. Con una mezcla de curiosidad y de preocupación rodearon aquella roca y lo que vieron les devolvió la calma de inmediato.

Demetrio había buscado la sombra en aquel lugar y, sentado en unas piedras, estaba arreglando los zapatos del Morador. Aunque no tenía cola de contacto, había encontrado una aguja grande y un hilo resistente y les estaba dando unas puntadas. Con las piedras, trataba de que la cuarteada piel volviera a su sitio para poder coserla mejor. Un zapato ya estaba terminado, y al otro le quedaba muy poco.

—Buenos días —saludó al verlos.

—Buenos días —devolvieron el saludo los muchachos.

—Me despertaron temprano los ronquidos del Morador y, como me dolía el cuerpo por todas partes y no encontraba postura para seguir durmiendo, decidí levantarme. Me estaba entreteniendo un rato con los zapatos de ese tipo. Estaban hechos un asco. Sin mis herramientas no puedo hacer más por ellos.

Terminó de dar las últimas puntadas y a continuación, con un trapo, empezó a frotarlos para intentar sacarles algo de lustre.

—Duerme como un tronco —dijo Dante, señalando con la cabeza en dirección a la casa.

—Y lo malo es que ronca como un hipopótamo con tos ferina.

—Tendremos que despertarlo. Tiene que darnos la respuesta.

—Me parece razonable.

Los tres volvieron a la casucha. Demetrio colocó los zapatos junto a la puerta y esperaron un rato, confiados en que el Morador saldría por la puerta de un momento a otro. Pero los ronquidos eran la mejor prueba de que aquel hombre no tenía intención de levantarse por el momento.

Después de quince minutos de espera, Lorena y Dante decidieron despertarlo a toda costa.

—Lo malo es que tenga mal despertar y se levante hecho una furia —comentó Demetrio.

—Pero no podemos perder más tiempo —Dante seguía obsesionado con cada segundo que transcurría.

—Eso es verdad.

Lo intentaron de varias maneras. Primero, se pusieron al lado de la puerta y comenzaron a hablar en voz alta, incluso a gritar. Pero los ronquidos eran incluso más grandes que sus voces. Luego, llamaron con fuerza a la puerta, los dos a la vez, con los nudillos bien cerrados. Sintieron un ruido en el interior y pensaron que se había levantado, pero al momento vieron salir al perro, a ese perro que les había guiado el día anterior. El animal, ajeno a todo, buscó una sombra y se tumbó cuan largo era.

Entonces Lorena vio un barreño grande de metal, viejo y agujereado. Lo agarró por un asa y lo levantó. Le pidió una piedra a Dante y con ella comenzó a golpear el culo del barreño, tomando, además, la precaución de hacerlo justo en el lado de la casucha donde el Morador estaba durmiendo. El estruendo producido era de los buenos. Además, las paredes rocosas que les rodeaban lo acrecentaban aún más. El perro, molesto sin duda, les dedicó unos cuantos ladridos y se alejó a toda prisa de allí. Demetrio tuvo que retirarse unos metros y taparse los oídos.

Finalmente, al Morador no le quedó más remedio que despertarse.

Salió de la casucha frotándose los ojos y protegiéndoselos del sol con las manos. Bostezaba constantemente y retorcía su cuerpo con extraños movimientos.

—¿Por qué hacéis tanto ruido? —preguntó.

—Pensábamos que no se despertaría nunca —respondió Lorena, que aún seguía con el barreño en la mano, y a la que había pillado in fraganti.

El Morador avanzó unos pasos y empezó a mirar por todas partes y a refunfuñar entre dientes:

—¡Maldito perro! Que manía le ha entrado con esconderme los zapatos. Cuando lo encuentre se va a enterar.

Demetrio aprovechó de inmediato la ocasión. Se acercó a la puerta, cogió los zapatos y se los entregó al Morador.

—No ha sido el perro —le explicó—. Me he tomado la libertad de arreglarlos un poco.

La cara del Morador cambió súbitamente al verlos. Sus ojos se abrieron al máximo y se iluminaron. Su boca también manifestó su asombro con una apertura más que considerable. Todo su rostro expresaba sorpresa y agradecimiento.

—¡Oh! —exclamó emocionado—. ¡Han quedado como nuevos!

—Tanto como nuevos... —dijo Demetrio.

—Muchas gracias. Ya me había olvidado de cómo eran estos zapatos, de tan deformados y rotos como estaban. ¡Qué bonitos! No sé cómo podré pagarte.

—¿De verdad quieres hacerlo? —preguntó el zapatero.

—Sí.

—Pues será muy sencillo. Sólo tienes que darnos la respuesta que venimos buscando y que nos ha traído hasta ti.

El Morador se agachó y se calzó los zapatos. Y, nunca mejor dicho, parecía un niño con zapatos nuevos. No hacía más que mirárselos de un lado y de otro. Se ponía de puntillas. Levantaba los pies para vérselos mejor. Hasta dio unos ridículos pasos de baile, como si fuera una figura de ballet. Luego, se detuvo en seco, alzó la cabeza y se quedó mirando las montañas que les rodeaban.

—¡Maravilloso! ¡Fantástico! ¡Extraordinario! —exclamó de pronto en un tono diferente.

—Nunca imaginé que pudiera gustarte tanto el arreglo, pero no hace falta que me alabes tanto.

—No me refería ahora a los zapatos —continuó el Morador—. Mirad a vuestro alrededor y lo comprenderéis. ¿Habéis visto un lugar tan bello como éste?

Lorena, Dante y Demetrio imitaron al Morador y contemplaron también el paisaje. Los rayos del sol, aún muy sesgados, volvían a llenarlo de tonalidades sorprendentes, de luces y sombras. Estaban en un lugar tan árido, seco y duro como hermoso. De una belleza cautivadora e inquietante, que impresionaba y hasta daba un poco de miedo. Montañas coronadas por picachos que semejaban las torres de un gigantesco castillo en ruinas. Barrancos como hachazos violentos y caprichosos. Laderas descarnadas mostrando sus esqueletos pétreos y resecos. Cascadas de rocas que parecían rodar como el agua, eternamente. Llanuras ardientes en las que ya no quedaba nada que pudiera arder. Grutas que se confundían con las sombras, que jugaban a cambiar su personalidad con ellas.

El Morador tenía razón. Aquel lugar era maravilloso, fantástico, increíble, perturbador, extraordinario... y muchas cosas más. Pero tanta belleza, tanta quietud, tanto silencio... no les hicieron olvidarse de Benjamín Rocaseca. Habían sufrido mucho para llegar hasta allí y no podían distraerse ni siquiera con uno de los paisajes más bellos de la Tierra. Por eso, enseguida volvieron a preguntar:

—¿Vas a darnos ahora la respuesta?

—Sí.

El Morador volvió a su casucha y se detuvo junto a la puerta. Con un gesto invitó a los demás a que entrasen. Volvieron a sentarse en las mismas sillas de la noche anterior, rodeando la mesa, tal y como lo habían hecho para cenar. Dejaron la puerta abierta para que entrara un poco de claridad. Dante había colocado la caja de cartón justo en el centro y Benjamín Rocaseca, ansioso por escuchar las palabras de aquel hombre, se había incorporado agarrándose al borde de la caja.

El Morador cerró unos segundos los ojos y volvió a abrirlos, aunque mantuvo la mirada perdida, sin fijarla en ningún punto concreto. Suspiró hondamente tres o cuatro veces, carraspeó otras tantas y con una voz un poco afectada pronunció unas palabras:

—La respuesta es *La mariposa de siete colores.*

Se produjo un largo silencio. Todos miraron al Morador, de quien esperaban algunas palabras más que aclarasen lo que había dicho.

—¿Qué quieres decir? —preguntó, al fin, Demetrio.

—La respuesta está en ese libro.

—Pero debes aclararnos algo más —insistió Demetrio—. No entendemos lo que quieres decir.

—Yo me limito a dar respuestas. Pero la explicación a mis respuestas debéis encontrarlas vosotros mismos.

La confusión fue total en los tres o, mejor dicho, en los cuatro, pues Benjamín Rocaseca tampoco entendía el sentido de aquellas palabras. Por tanto, una inesperada complicación venía a sumarse a las que ya tenían, que no eran pocas. Dante miraba angustiado a su padre y no sabía qué hacer ni qué decir. Su desconcierto era absoluto, lo mismo que el de Lorena. Sólo Demetrio permanecía pensativo, rascándose la barba de varios días.

—No tenemos ese libro aquí —razonó finalmente el zapatero—. No podemos verlo ahora, ni leerlo, ni buscar esa respuesta que según nos dices se oculta en él. Tampoco tenemos tiempo para regresar a buscarlo.

—Ese libro es la respuesta —repitió sin inmutarse el Morador.

Lorena lamentó profundamente no haberlo cogido cuando salió de casa. Por el contrario, llevaba el viejo libro sin pastas al que le faltaban las primeras hojas. Sentía tanta rabia que hasta le daban ganas de darse un buen tirón de orejas.

—Danos una pista —dijo de pronto Dante, y su voz era una mezcla de ansiedad y angustia.

—Yo sólo doy respuestas —el Morador no parecía dispuesto a ceder.

—A nadie puede negársele una pista —insistió Dante.

El Morador miró al muchacho y, por primera vez desde que habían entrado en la casucha, su rostro cambió de expresión. Su mirada pareció descender, otra vez, a tierra firme y su actitud empezó a parecerse a la que les había mostrado el día anterior.

—Dices bien, muchacho. A nadie se le debe negar una pista, sobre todo cuando muestra tanto interés como tú. Os la daré.

Lorena resopló llena de satisfacción y miró a Dante. Sin palabras, le felicitó efusivamente por su intervención y por la feliz ocurrencia de la pista. Ahora, sólo esperaba que ésta pudiera conducirlos de una vez por todas a la solución.

Pero el Morador volvió a sorprenderlos con sus palabras. Esta vez señaló directamente con el dedo índice de su mano derecha a Lorena, como si la estuviera acusando de algo, y le dijo:

—Tú eres la única que ha leído ese libro, ¿verdad?

—Sí.

—Pues ahora debes decir en voz alta tu opinión sobre él. Y más vale que seas sincera y digas la verdad.

Lorena, de pronto, se vio metida en un compromiso. No le apetecía dar su opinión del libro, y muchos menos delante del autor y de su hijo.

—Te olvidas de que lo que queremos es una pista —dijo al Morador, tratando de eludir la propuesta.

—No lo olvido.

—Pero... es absurdo que dé mi opinión de...

—¡Hazlo, Lorena! —la cortó Demetrio de forma tajante—. ¡Danos tu opinión de ese libro! ¡Y sé sincera!

Pensó Lorena que Demetrio se había confabulado con el Morador y los dos se empeñaban en ponerla en un apuro. Pero enseguida recapacitó y se dio cuenta de que a lo mejor el zapatero había observado algo que a ella le había pasado inadvertido. Por eso, se decidió a hablar.

—No me gustó ese libro —dijo—. No me gustó nada.

—¿Por qué? —preguntó el Morador.

—Es una historia cursi y ñoña, y además muy poco original —Lorena tragó saliva y se lanzó—. Cuando la leía, tenía la sensación de que el autor se había dedicado a juntar sin ton ni son escenas de otros libros. Además, creo que el autor nunca se acerca lo suficiente a los niños, los trata de manera distante y fría, como si sus cosas y sus problemas no le interesasen. Y a la hora de escribir debe de pensar que los niños son tontos, pues utiliza un lenguaje que hasta da risa. Creo que se trata de un buen escritor, sus libros para mayores tiene mucho éxito, pero... no sé por qué escribió *La mariposa de siete colores.*

—Lo has dicho mucho más claro de lo que yo esperaba —dijo el Morador—. Te felicito.

—¿Y dónde está la pista?

—¿Aún no te has dado cuenta?

—No.

El Morador miró a Dante y a Demetrio y también les preguntó:

—¿Y vosotros?

—No —respondieron a dúo.

Entonces, el Morador volvió la mirada hacia la caja de cartón e incluso agachó un poco la cabeza para sentirse más cerca del escritor. Bajando la voz, casi como en un susurro, le preguntó:

—Y tú, Rocaseca, ¿has comprendido ya por qué estás menguando?

El hombre afirmó dos veces seguidas con movimientos seguros de su cabeza.

El famoso escritor Benjamín Rocaseca permanecía sentado sobre un pliegue del jersey de lana, en el interior de la caja de cartón. Con las manos se tapaba el rostro en un gesto difícil de identificar, ya que su cabeza era más o menos del tamaño de un garbanzo. Parecía humillado, hundido, derrotado, apesadumbrado...

—¿Cuál es la respuesta, papá? —preguntó su hijo, sabedor de que sin ella no podrían encontrar una solución—. Vamos, papá, tienes que decírnoslo. No podemos perder más tiempo.

Benjamín levantó la cabeza y miró a su hijo. Incluso, hizo un esfuerzo y se puso de pie. Empezó a hablar.

—No te oigo, papá. Habla más alto.

El escritor forzó al máximo la voz e incluso hizo pantalla con sus manos alrededor de la boca. Pero sus cuerdas vocales eran ya tan pequeñas que resultaba imposible que le oyeran, aunque acercaron al máximo sus cabezas a la caja.

—Yo os diré lo que está explicando —dijo de pronto el Morador—. Dice que no fue honesto cuando escribió *La mariposa de siete colores*. Entre sus editores y él mismo lo planificaron todo. Querían aprovechar su nombre y su fama para vender un libro para niños. Pensaban que alcanzarían tanto éxito como otros libros que últimamente se han escrito para niños. Se traicionó a sí mismo y traicionó a los niños al considerarlos sólo un mercado.

Benjamín Rocaseca asentía una y otra vez, dando a entender que estaba de acuerdo con todo lo que estaba diciendo el Morador, mientras el asombro absoluto se instalaba en la cara de Lorena, Dante y Demetrio que, boquiabiertos, no apartaban su mirada de él.

—¿Lo entendéis ahora? —preguntó el Morador.

—Eso significa que escribir ese libro le hizo empequeñecer como persona y como escritor —razonó Demetrio en voz alta.

—Así es. Ahora ya conocéis la respuesta al enigma que me habíais planteado.

De pronto, Benjamín pareció alterarse. Comenzó a mover exageradamente los brazos, como tratando de llamar la atención y, aunque no podían oírlo, hablaba constantemente. Por los gestos, más bien parecía que estaba gritando.

Dante se levantó y buscó el viejo radiocasete que habían utilizado la noche anterior. Le conectó el micrófono y luego enchufó la clavija. Con mucho cuidado, pues pensó que en un descuido podría golpearlo fatalmente, acercó el micrófono a su padre.

—Por aquí, papá —dijo—. Habla por aquí. Sólo así podremos oírte. Acércate con cuidado.

Benjamín pegó literalmente su cabeza a la espuma que recubría el micrófono y, con las fuerzas que le quedaban, que eran muy escasas, gritó:

—¡Tiene que haber un remedio!

—Lo hay —dijo el Morador.

—¡Dímelo! ¡Dímelo ahora!

—Imposible.

—Te pagaré lo que me pidas.

—El dinero ha dejado de interesarme —reconoció el Morador, hablando pausadamente, como si no sintiera ninguna urgencia—. Yo también me dejé tentar por él cuando concebí aquella operación turística de la que os hablé. Y, como tú, también fracasé. Es verdad que a veces me imagino qué habría sido de mi vida si aquello hubiera tenido éxito. Pero siempre que lo hago acabo riéndome de mí mismo. Ahora estoy a gusto aquí. Y aunque no pasa un día sin que me espante por algo que haya ocurrido en el mundo, reconozco que me gusta vivir, aunque sea en el corazón del Desierto Impenetrable.

—¡Dímelo, por favor! ¡Te lo suplico!

—¡Díselo! —gritó Dante, como un felino hambriento, a punto de lanzarse sobre su presa.

—No puedo decir nada más. Pero bastaría con que recapacitaseis un momento para descubrirlo.

Demetrio, que había permanecido en silencio durante los últimos minutos, esbozó con sus labios una enorme sonrisa que expresaba sobre todo satisfacción. Cerró los puños y dijo:

—¡Ya lo tengo!

Y nadie, ni siquiera el Morador, dudó que el zapatero remendón había descubierto el remedio o la solución para atajar el extraño mal que desde hacía meses, exactamente desde el momento en que publicó *La mariposa de siete colores*, estaba afectando al escritor. Se produjo un silencio lleno de expectación.

—Todo encaja perfectamente —dijo Demetrio—. Sólo puede haber un remedio posible: que Benjamín Rocaseca vuelva a escribir para niños. Pero esta vez deberá hacerlo con el corazón y con los cinco sentidos.

—Tú lo has dicho —se limitó a asentir el Morador—. Sólo de él dependerá que vuelva a crecer y a tener un tamaño normal. Pero, además, sólo de él dependerá que salgáis con vida de este desierto.

Las últimas palabras del Morador les devolvieron la intranquilidad y hasta el miedo. Lorena se enrabietaba pensando que no había forma de concluir aquella historia de una manera tranquila y feliz. Cuando parecía que estaban llegando al final y que todo se aclaraba, surgía siempre un nuevo peligro, una nueva amenaza. Estaba tan harta que se puso de pie, se dirigió al Morador y se encaró con él.

—Necesitamos que nos expliques todo esto de una vez —dijo en tono suplicante—. No podemos vivir con esta incertidumbre. ¿Por qué insinúas ahora que tal vez no salgamos con vida del desierto?

—Estáis en manos de Benjamín Rocaseca.

—Explícanoslo, te lo suplico.

El Morador del Oráculo del Desierto Impenetrable también se levantó de la silla y caminó hasta la puerta de la casucha, donde se detuvo. Abrió los brazos y los extendió hacia fuera, como si con este gesto quisiera mostrar la grandiosidad del lugar.

—Es difícil llegar hasta aquí —dijo—. Pero mucho más difícil es salir. Son necesarias muchas aventuras para poder abandonar con éxito el Desierto Impenetrable. Sólo la imaginación desbordante de un escritor podría vislumbrarlas. Benjamín Rocaseca tiene la llave. Deberá poner en marcha todo su talento y toda su creatividad.

—¡Lo haré! —gritó el escritor por el micrófono.

—Él deberá escribir la segunda parte de esta historia, la que cuente cómo conseguisteis salir del Desierto Impenetrable. Sólo de esta forma él recobrará su tamaño y todos podréis salir vivos de aquí.

—¡La escribiré! —volvió a gritar Benjamín, que por fin parecía haber encontrado el camino para su salvación—. ¡Dadme papel y lápiz!

Un lápiz era un objeto demasiado grande y demasiado pesado para él. Era imposible que pudiese manejarlo. Lo mismo ocurriría con un bolígrafo o con una pluma estilográfica.

Pero Demetrio, una vez más, encontró la solución. De uno de los bolsillos de su camisa sacó uno de esos portaminas que tienen la mina muy finita. Con cuidado extrajo una y partió un trozo, que le entregó a Benjamín.

El escritor ni siquiera esperó a que le llevasen un papel. Con aquel trocito de mina en la mano, se dirigió a uno de los laterales de la caja de cartón y, frenéticamente, comenzó a escribir.

El Morador había salido al exterior, como si lo que ocurriese a continuación le fuese ajeno e indiferente. Se había sentado a la sombra de una gran roca, junto a su perro, que seguía tumbado a la bartola. Mientras lo acariciaba, vio cómo Lorena y Demetrio salían de la casucha y se dirigían hacia él. Sin duda, ellos habían querido dejar solos a padre e hijo en un momento tan emocionante como aquél.

—Gracias por tu ayuda —dijo Demetrio al Morador.

—Sólo he cumplido con mi misión.

—Ahora sé que eres en verdad un hombre sabio.

—Yo nunca estuve seguro —rio el Morador.

Entonces Lorena tuvo una idea. Hasta el momento había estado tan preocupada por Benjamín y por la increíble aventura que estaban viviendo, que lo había olvidado, a pesar de que lo llevaba consigo. Pero ahora aquel libro volvía a estar muy presente en su pensamiento.

—¿Puedo hacerte una pregunta? —dijo al Morador.

—Puedes hacerla, aunque no sé si podré responderla.

—¿Quién escribió el libro sin pastas al que le faltan las primeras páginas?

—¿No lo sabes aún? —rio el Morador.

Lorena chascó los dedos creyendo haber encontrado la respuesta.

—¿Cómo no lo habría pensado antes? ¡Fuiste tú!

—¡Nooo! —el Morador rio con más ganas todavía.

—Entonces... ¿quién fue?

—¿Ya has oído la historia esa de un hombre que hace muchos años se atrevió, inconsciente, a internarse en el Desierto Impenetrable?

—Sí, esa historia nos la contó la mujer de la gasolinera. Pero también nos dijo que ese hombre no llegó hasta el final.

—No, no lo hizo.

—¿Y por qué?

—Quizá no tenía un motivo importante para hacerlo.

—O quizá tuvo miedo.

—Puede ser.

—Entonces... ¿ese hombre fue quien escribió el libro? —siguió preguntando Lorena, emocionada por los descubrimientos que estaba realizando.

—Sí.

—Pero... ¿quién es ese hombre?

El Morador volvió su mirada hacia Demetrio. Éste, como si de repente se encontrara en un callejón sin salida, sonrió y se encogió de hombros.

—Soy yo —reconoció al fin.

—¿Tú? —Lorena se llenó de incredulidad.

—Sí, lo has tenido delante todo este tiempo.

—Ahora lo entiendo —razonó la muchacha—. Fuiste tú quien arrancó las pastas y las primeras páginas del libro. ¿Por qué lo hiciste?

—Recuerda que no soy escritor —explicó Demetrio—. Sólo soy un simple zapatero remendón. Escribir ese libro fue un acto de vanidad y, en cierto modo, de cobardía. En él sólo pude contar las aventuras que me hubiese gustado vivir. Las que podía haber experimentado de verdad no me atreví a vivirlas. Cuando lo vi publicado, arranqué las pastas y las primeras páginas de todos los ejemplares que cayeron en mis manos.

El Morador seguía con interés el diálogo entre Lorena y Demetrio.

—¿Qué esperabas encontrar entonces en el Desierto Impenetrable? —preguntó de pronto.

—Partí convencido de que iba a seguir el rastro de una leyenda, como ocurría en las viejas novelas de aventuras que a mí tanto me gustaba leer; pero descubrí que el Desierto Impenetrable era algo real, demasiado real.

—¿Y por qué no seguiste hasta el final? —volvió a preguntarle Lorena.

—El Morador y tú lo habéis dicho: porque me faltaba un motivo importante que me guiase y porque tuve miedo. Estuve a punto de perder la pierna.

El zapatero se acarició su pierna enferma, la que le hacía caminar renqueante, con una pronunciada cojera.

Si Lorena pensaba que, después de la experiencia vivida, ya nada podría sorprenderla, se equivocaba. Demetrio, el zapatero remendón de su barrio, acababa de demostrarle que la capacidad de sorpresa es infinita, como el misterio.

—¿Y has escrito más libros?

—No.

—¿Por qué?

—No soy buen escritor.

—Te equivocas. A mí me está encantando tu libro. Espero tener tiempo para terminarlo. Por cierto, no me cuentes el final.

—No pensaba hacerlo.

Demetrio y Lorena comenzaron a reír, observados por la mirada curiosa e incisiva del Morador, que no paraba de acariciar a su indiferente perro.

De pronto, un grito que salía de la casucha, los sobresaltó. Era Dante. Y el grito desbordaba, sin duda, alegría y entusiasmo.

—¡Está creciendo!

En efecto, Benjamín Rocaseca había empezado a crecer. Sin duda, estaba dando lo mejor de sí mismo en el relato que escribía en las paredes de la caja de cartón.

ÍNDICE